张隆溪 著

什么是世界文学

Simplified Chinese Copyright © 2021 by SDX Joint Publishing Company.
All Rights Reserved.
本作品简体中文版权由生活・读书・新知三联书店所有。
未经许可,不得翻印。

图书在版编目(CIP)数据

什么是世界文学 / 张隆溪著. —北京:生活・读书・新知三联书店,2021.6
(乐道文库)
ISBN 978-7-108-07155-2

Ⅰ.①什… Ⅱ.①张… Ⅲ.①世界文学-文学研究 Ⅳ.①I106

中国版本图书馆 CIP 数据核字(2021)第 076360 号

责任编辑　刁俊娅
特约编辑　周　颖
封面设计　黄　越
出版发行　生活・讀書・新知 三联书店
　　　　　(北京市东城区美术馆东街 22 号)
邮　　编　100010
印　　刷　常熟市人民印刷有限公司
排　　版　南京前锦排版服务有限公司
版　　次　2021 年 8 月第 1 版
　　　　　2021 年 8 月第 1 次印刷
开　　本　889 毫米×1092 毫米　1/32　印张　7.875
字　　数　151 千字
定　　价　48.00 元

目 录

前言
001

一 概念的界定
001

二 经典与世界文学
026

三 翻译与世界文学
047

四 镜与鉴——文学研究的方法论探讨
077

五 药与毒——文学的主题研究
105

六 世界文学的诗学
141

七　中国学者对诗学的贡献
162

八　讽寓和讽寓解释
197

九　结语：尚待发现的世界文学
237

前　言

世界文学是当前文学研究中非常令人瞩目的新倾向，但世界文学这个名词又很容易引人误解，因为作为文学研究的对象，世界文学并不等于世界上所有文学作品简单的总和。我们阅读文学作品，往往是读某个国家或某一文化传统的文学，如中国文学、英国文学、法国文学、德国文学、俄国文学或别的什么文学，而这些分类又往往和某一种语言相联系，然而我们很可能不是直接读原文，而是通过翻译来读这些不同的文学作品。由此可见，世界文学首先需要界定其意义，而且世界文学和文学翻译有密切的联系。如何界定世界文学？如果世界文学不是全世界文学作品的总和，什么样的作品才是世界文学的作品？翻译与世界文学的关系究竟如何？由谁来决定什么是世界文学？又如何决定什么是世界文学？这些就是本书首先要讨论的问题，并通过这些讨论，逐步认识世界文学这个概念所涉及的文化、历史、政治和其他一些重要的背景，同时也探讨文学研究的方法，举出一些前辈学者已经做出的范例。

本书作者长期对中西文学和文化的比较研究有兴趣，

最近十数年间，也特别注意世界文学的研究。本书就是近年来对上面提到有关世界文学一些主要问题思考的结果，而能够把相关的想法写成文字，集为一册，则首先要感谢"乐道文库"主编罗志田教授，没有他的耐心和几次的敦促，就不会有这样一本小书。本书第一章讨论世界文学的概念，曾先发表在澳门大学《南国学术》第9卷第2期（2019年5月），第三章讨论翻译与世界文学，也先发表在《南国学术》第10卷第4期（2020年10月）。第二章讨论经典与世界文学，则是基于我在国际学术刊物《世界文学学刊》（*Journal of World Literature*）创刊号上发表的英文论文（2016年3月）；第四章以"镜与鉴"来做文学研究方法论的探讨，曾发表在《文学评论》2019年第2期（2019年3月）；第五章以"药与毒"的辩证关系来探讨文学的主题研究，则基于我2005年春在多伦多大学所做亚历山大讲座其中一讲的内容，英文原文发表在多伦多大学出版的 *Unexpected Affinities: Reading across Cultures* 一书（多伦多大学出版社2007年版），中文则收在《同工异曲：跨文化阅读的启示》一书（江苏教育出版社2006年版）；第六章原文为英文，是我为《劳特利奇世界文学导读》（*Routledge Companion to World Literature*）撰写的"世界文学的诗学"一章，发表在劳特利奇出版社2012年出版的书里；第八章讨论讽寓与讽寓解释，则是基于我在《文学理论研究》2021年第1期发表的论文。在此我要感谢国内外这些刊物和出版社及其编辑们，他们为我提供了学术园地，让我可以发表我对世界文学研究的这些看法。不过这次结集成书，我对所有这些发表过的文章都做了相当程度的增删修改。这本书虽然讨论的是一些学术问题，但我希望能够尽量表述得明白清晰，希望任何对文学和文学批评有兴趣的读者都能进入各章讨论的问题，并参与这些问题的探讨。至于书中难免的错误或不足之处，则希望能得到读者和专家们的指教。

张隆溪

2020 年 10 月 13 日

于香港翠丽轩

一　概念的界定

文学是语言的艺术，文学作品总是用某一国家某一种语言来创作，所以文学研究很自然首先有国别和语言的类别，如中国文学、英国文学、法国文学、德国文学、俄国文学等等。当然，语言和国家不完全是同一个概念，一个国家可能有不同的语言或者方言，但就一般分类而言，国别文学是文学研究最基本的类别。国别文学研究对每一个国家的文学和文化传统都十分重要，并往往被视为代表一个国家和民族精神文化的价值与成就。然而与此同时，国别文学研究也往往局限于单一的语言和文化，而且容易趋于相对狭隘的民族主义思想。19世纪产生的比较文学打破了国别文学单一语言传统的局限，以不同语言的文学作为比较研究的基础，也明确针对欧洲当时十分流行的狭隘民族主义观念。同样产生于19世纪初的世界文学观念，则进一步希望打破欧洲的局限，在全世界范围内去审视和研究各国的文学。然而从19世纪初到20世纪的大部分时间里，比较文学基本上局限于研究欧洲主要的文学传统，而具有普世意义的世界文学观念，则没有得到真正的发展。这种情形在20世纪末和进入21世纪之后,正在发生根本的改变,世界文学正在成为当前文学研究新起的潮流。什么是世界文学?世界文学与比较文学在观念和实践中有怎样的区别?世界文学为什么在当前兴起?这与我们所处的时代有何关联,有何意义?这些都是值得我们去深入思考和探讨的问题。本章希望在历史的框架里,通过梳理几个基本理论概念的发展,尝试对这些问题做出回应,也希望在我们的文学研究领域引起更多讨论,促进我们对这类问题有更深的理解,也促使我们的文学和人文研究有更进一步的发展。

1. 世界文学的兴起

近十多年来在文学研究方面最引人注目的新潮流,莫过于世界文学的兴起。现在不仅在欧美出现了对世界文学的重新关注,而且在世界其他许多地方,包括中国,都越来越注重世界文学的研究。早在20世纪80年代,黄子平、陈平原和钱理群三位学者发表了一系列关于中国现代文学的对谈,他们提出一个重要的意见,认为20世纪中国文学的发展趋势,是"一个由古代中国文学向现代中国文学转变、过渡并最终完成的进程,一个中国文学走向并汇入'世界文学'总体格局的进程"[①]。他们提到德国大诗人歌德

[①] 黄子平、陈平原、钱理群:《二十世纪中国文学三人谈》,北京,人民文学出版社,1988,第1页。

在19世纪初提出了"世界文学"的概念，20世纪则是世界文学得以实现的时代。由此可见，中国学者们对世界文学早有认识，但在欧美学界，世界文学在进入21世纪之后才重新得到重视，从理论到研究都展开了许多讨论。

虽然这是当前文学研究一个方兴未艾的新潮流，世界文学这个概念本身却并非新创。正如上面提到的三位学者所言，我们现在讨论世界文学，往往会把这个概念追溯到19世纪早期，甚至可以非常准确地定位到1827年1月31日，因为正是在那一天，德国大诗人歌德在与他的年轻朋友和秘书爱克曼谈话时，说了这样非常著名的几句话："诗是全人类共有的……民族文学这个词现在已经没有什么意义了，世界文学的时代就在眼前，我们每个人都应该促成其早日到来。"[1] 德文 Weltliteratur，即"世界文学"这个词，并非歌德首创，但由于他在欧洲的声望，他谈论世界文学就变得很有影响。歌德在那段时间常常在书信和文章里提到这个概念，但最有名的就是上面所引他与爱克曼谈话中那一段话。对中国学者说来还有一点值得注意，那就是世界文学概念的提出与中国文学有一点特别的关系，因为歌德与爱克曼谈话时，说起他那几日都在读一部中国小说，而正是阅读一部欧洲之外东方的文学作品，才使歌德意识到局限于一种民族文学是多么狭隘，而放开胸怀去拥

---

[1] Johann Wolfgang von Goethe, "Conversations with Eckermann on Weltliteratur (1827)," in David Damrosch (ed.), *World Literature in Theory* (Chichester: Wiley Blackwell, 2014), pp. 19-20.

抱那多姿多彩的整个文学世界,又多么令人心旷神怡!也正是基于这样的阅读经验,歌德才宣告了世界文学的时代即将来临。在那个年代的欧洲,歌德具有普世主义的眼光,对欧洲之外的东方文学感到极大的兴趣,实在是十分特出的少数,而比他年轻的爱克曼则更能代表他们同时代大多数人的文学趣味和阅读习惯。爱克曼听歌德说他正在读一部中国小说,颇感惊讶,甚至难以置信。"中国小说!"他很吃惊地说,"那看来一定很奇怪吧。"可是歌德告诉他说,中国人并不像他设想的那么奇怪,因为"中国人的思想感情和行为举止,几乎和我们完全一样。我们很快就发现,我们也很像他们,只不过他们在各方面做得都比我们更干脆、更纯洁、更合情理"①。歌德甚至认为,那部中国小说与他自己创作的《赫尔曼与窦绿苔》以及英国作家理查森的小说都"有极大的相似之处"②。歌德站在一个普世主义者的立场,主张打开头脑和心胸向外看,同时也批评欧洲人固步自封的孤陋。他说:"如果不超出围绕我们自己这狭窄的圈子朝外看,我们德国人很容易就落入那种自以为是的陷阱。所以我喜欢看我周围的外国,也建议大家都这么做。"③ 当然,歌德并没有因此放弃西方的传统。他紧接着就说,珍视外国并不能以他者为楷模,中国、塞尔维亚,甚至西班牙的卡尔德隆或德国的《尼伯龙根》史诗都不是

---

① Goethe, in Damrosch (ed.), *World Literature in Theory*, p. 18.
② Goethe, in Damrosch (ed.), *World Literature in Theory*, pp. 18-19.
③ Goethe, in Damrosch (ed.), *World Literature in Theory*, p. 19.

楷模和典范。歌德认同的还是古希腊的传统，他说："如果我们真要一个模范，那就必须回到古代希腊人那里去，他们的作品随时都表现出人类之美。"① 对于一个19世纪的欧洲大诗人和作家，这并不难理解，然而就心胸开阔而言，歌德与他同时代的大多数人还是有很大的区别。那时候德国并不是一个统一的国家，分散的德国各公国与外国之间的国际交往，也大多局限于欧洲之内，而在19世纪初，欧洲大陆与其他大陆的交往也还相当有限。正如约翰·彼泽尔所说，歌德那种普世主义的见解"在19世纪20年代，相对而言是相当少见的"②。歌德提出世界文学的概念，就标志着具有原创意义的时刻，反映出超越欧洲民族传统的趋势，同时也受到歌德自己对欧洲以外东方文学的兴趣和普世主义精神的鼓动，因为他不仅阅读中国小说，而且也欣赏5世纪印度戏剧家迦梨陀娑的《沙恭达罗》，喜爱14世纪波斯诗人哈菲兹的作品，并在其影响之下写成他自己的《东西方诗集》。

歌德虽说民族文学已经没有意义了，但他的世界文学概念并非与民族文学完全相互排斥，在他的头脑里，民族的和普世的并没有形成简单的对立。他在1828年评英国作家卡莱尔（Thomas Carlyle）的一篇文章里说："一段时间以来，各个国家最优秀的诗人和作家们都显然集中努力于

---

① Goethe, in Damrosch (ed.), *World Literature in Theory*, p. 20.
② John Pizer, "Johann Wolfgang von Goethe: Origins and relevance of *Weltliteratur*," in Theo D'haen, David Damrosch and Djelal Kadir (eds.), *The Routledge Companion to World Literature* (London: Routledge, 2012), p. 5.

他们对全人类普世的关怀。我们在每一种文学模式里，无论其内容是历史或是神话，是神秘的或是虚构的，都越来越多地看到这种普世的关怀从作家自身，内在地启发了他们民族和个人的特色。"[1] 他在 1827 年 6 月致斯托尔堡伯爵（Count Stolberg）的一封信里，说得更为明确："诗是普世性的，愈有趣的诗也愈能显示其民族特性。"[2] 正如克劳迪奥·纪廉所说，在歌德心中，世界文学与民族文学这种互补关系形成了"本土与普世之间、一与多之间的对话，从他那个时代起直到现在，正是这种对话不断给最好的比较研究灌注了生气"[3]。对欧洲比较文学而言，歌德的确非常重要，而且据德国学者亨屈克·彼鲁斯说，"在界定研究的对象方面，歌德的世界文学观念起了关键的作用"，所以彼鲁斯认为，和北美的情形相比起来，"20 世纪后半叶在德语国家和整个欧洲，有关比较文学这个话题的讨论就很不相同"[4]。美国学者大多认为歌德的世界文学是普世主义观念，而 19 世纪法国的比较文学则带着欧洲中心主义的局限，但彼鲁斯特别强调歌德的世界文学与法国学者开始建立的比较文学完全是同步的。他说："1827 年见证了同时产生而

---

[1] Johann Wolfgang von Goethe, "On Carlyle's *German Romance* (1828)," in *Essays on Art and Literature*, ed. John Gearey, trans. Ellen von Nardroff and Ernest H. von Nardroff; vol. 3 of Goethe, *The Collected Works* in 12 vols. (Princeton: Princeton University Press, 1994), p. 207.
[2] Goethe, "On World Literature," *The Collected Works*, p. 228.
[3] Claudio Guillén, *The Challenge of Comparative Literature*, trans. Cola Franzen (Cambridge, MA: Harvard University Press, 1993), pp. 39 - 40.
[4] Hendrik Birus, "Debating World Literature: A Retrospect," in *Journal of World Literature* 3: 3 (Autumn 2018): 241.

又相互独立的两个开端：在魏玛歌德的世界文学（Weltliteratur）观念以及在巴黎作为一门学科建立起来的比较文学（littérature comparée）。"① 彼鲁斯极力论证歌德与法国学界关系密切，而且正是歌德的诗剧《托夸托·塔索》翻译成法文，才使他第一次使用世界文学这个词，尽管法国的文学杂志《环球》（Le Globe）报道此事时"把歌德的'世界文学'很可以理解地缩小为'西方或欧洲文学'"，但彼鲁斯坚持说："至于由安培（Ampère）和维尔曼（Villemain）建立的比较文学这门学科，歌德对这两位主要人物都非常了解。1827年4月22日至5月16日，安培到魏玛访问，也就是说，正好是在两个观念逐渐成形的阶段，安培常常是歌德的座上客。"② 歌德与法国和其他许多欧洲学者交往密切，自然毫无疑问，然而就歌德的世界文学观念而言，尤其他与爱克曼谈话讲到读中国小说的经验，那种超越欧洲文学传统向外看的胸怀，与19世纪作为一门学科最先在法国建立起来的比较文学，事实上有相当大的差别。安培（他是著名物理学家安培的儿子）本人对东方文学颇有兴趣，但19世纪欧洲的比较文学不大可能包容东西方比较研究，而正是在这一点上，欧洲比较文学的发展可以说与歌德普世主义的世界文学观念相距甚远。歌德谈到他的诗剧《托夸托·塔索》翻译成法文时，使用了"世界文学"这个词，可是法国的《环球》杂志报道此事，却把

---

① Birus, "Debating World Literature," p. 245.
② Birus, "Debating World Literature," p. 247.

歌德使用的"世界文学"改为"西方或欧洲文学"。彼鲁斯认为这一改动"很可以理解",但正是这一改动很能够说明,当时在西方或欧洲人看来,欧洲之外大概没有什么值得注意的文学,世界文学就是欧洲文学。然而这绝不是歌德的看法。

世界文学从一开始,就与比较文学有一些重要的区别。首先,歌德是在谈到通过翻译阅读一部中国小说的时候,宣告了世界文学时代的来临,而比较文学从一开始就强调要把握文学作品的原文,不能依靠翻译。歌德没有说明他读的是哪一部中国小说,但当时由传教士翻译成欧洲文字的小说已经有几部,许多学者通过研究,认定歌德所读很可能是清代的才子佳人小说,即署名荑荻散人编次的《玉娇梨》,或署名名教中人编次的《好逑传》。以中国文学批评的眼光看来,这两部作品在传统中国小说里都算不上特别优秀,而歌德虽然十分赞赏他读的小说,却也以他诗人之敏感意识到,中国还有更加优秀的小说。爱克曼与他谈话时,问歌德十分欣赏那部作品是否就是中国人最好的小说,歌德明确回答说:"完全不是。"而且还进一步说:"中国人有上千部这样的作品,当我们的祖先还在森林里过活的时候,他们就已经有这样的作品了。"[1] 歌德知道中国文学有远比欧洲许多文学更悠远的历史,在他看来,通过译本完全可以了解欧洲之外的文学。但比较文学则强调从原

---

[1] Goethe, "Conversations with Eckermann on *Weltliteratur*," in Damrosch (ed.), *World Literature in Theory*, p. 19.

文把握文学作品的精微,不能依靠翻译。这是作为一个学科的比较文学与世界文学一个重要的区别。

在欧洲的比较文学研究者当中,懂得非欧洲语言的人可以说历历可数。专门研究中国、懂得中文的学者大多是汉学家,而不是比较文学学者。研究其他非欧洲语言文化的学者也基本如此,不会做比较文学研究。其次,在19世纪和20世纪大部分时间里,欧美比较文学都不大可能把中国文学作品纳入比较的范围。苏源熙回顾美国大学里20世纪五六十年代教学的情形,说在那时,中文和其他非欧洲语言"都不被认为是比较文学可以考虑的语言。除非你是一个极其固执的学生,或者你的指导教授极为宽厚,否则你不可能提交一部涉及如中文、波斯文或泰米尔文之类语言的博士论文"。直到20世纪晚期,随着欧洲之外许多国家的留学生进入美国各个大学,带来他们自己的母语和英语之外的另一种语言,加上1970年之后在文学研究中理论变得越来越重要,"两者合起来才打开了我们这一学科的大门"。[1] 然而这绝不只是美国大学里的情形,欧洲大学里也基本如此。在欧美大学里学习和研究中文、日文和韩文的文学和文化传统,基本上都在东亚系,而不在比较文学系。其他非欧洲语言文化的研究也大多如此,都属于区域研究(area studies),而不会在比较文学系。比较文学容纳非欧洲语言文学的比较,在美国的确是1970年之后才逐渐成为可

---

[1] Haun Saussy, "When Translation Isn't Just Translation: Between Languages and Disciplines," *Recherche littéraire/Literary Research* 34 (Sumer 2018): 44.

能。因此我们可以一方面把世界文学追溯到歌德及其普世主义的观念,另一方面讨论世界文学在当前的重新兴起,同时把比较文学放在这两个时段之间。这样一来,我们就可以对19世纪到20世纪大半以欧洲为中心的比较文学,做一种批判的审视,同时对比较文学未来的发展,也可以提出一些具有建设性的意见。

2. 比较文学与欧洲中心主义

比较和比较文学是不同的概念。早在20世纪60年代初,对中国和东方文化颇有研究的法国学者艾田朴(René Etiemble, 1909—2002)就出版了一本书,醒目的标题就叫作《比较不是理由——论比较文学的危机》(*Comparaison n'est pas raison — La crise de la littérature comparée*, Paris: Gallimard, 1963)。这书的标题就指出,比较并非比较文学存在的理由,因为做任何事情都离不开比较,比较的普遍性本身就证明比较并不是比较文学的特点,也就不是作为一门人文学科得以建立的独特性质。《老子》第二章有言:"天下皆知美之为美,斯恶已;皆知善之为善,斯不善已。有无相生,难易相成;长短相形,高下相盈,音声相和,前后相随,恒也。"[①] 这说明人理解事物的一切基本概念,

---

① 王弼:《老子注》,《诸子集成》,北京,中华书局,1954,第3册,第2页。

都是在两相比较当中形成的,知美,就必有丑为陪衬,知善,则必有恶相比较。如果没有丑、恶来对照相比,也就不可能有美、善的概念。有无、难易、长短、高下等等概念,都是相互比较才可能存在。德国语言学家阿贝尔(Karl Abel)曾著书讨论古埃及语言中的反义词,弗洛伊德写过一篇书评,把概念必然在比较中产生这个道理,讲得很清楚。弗洛伊德说:"如果世间随时都有光,我们就不可能分辨光与暗,也就既没有光这个概念,也没有光这个词语。"① 这和上面老子所言,很可以相互发明。就中国文学而言,南北朝时南朝的钟嵘著《诗品》,把汉魏至齐梁一百多位作者相互比较,列为三品,并在《总论》中说:"昔九品论人,《七略》裁士,校以宾实,诚多未值。至若诗之为技,较尔可知,以类推之,殆均博弈。"② 唐代早有李杜优劣之论,后来评点宋词,也常有豪放、婉约之比,所以有人曾认为比较文学,我们中国人早已有之,然而这只是对比较文学完全无知所产生的误解。

那么什么是比较文学呢?作为一门人文学科的比较文学最早在欧洲产生,在研究方法上受到当时科学发展的影响,尤其是达尔文进化论。按达尔文的理论,物种适应不同环境而变异,而不同物种之间都有一定关联。于是19世纪出现了几种比较物种的学科,如比较解剖学、比较动物

---

① Sigmund Freud, "The Antithetical Sense of Primal Words," trans. M. N. Searl, *Collected Papers*, 5 vols. (New York: Basic Books, 1959), vol. 4, p. 187.
② 钟嵘著,陈廷杰注:《诗品注》,北京,人民文学出版社,1980,第3页。

学等,试图通过比较不同动物的骨骼结构,来了解物种之演变及其历史。比较文学就是在此环境中产生,其注重点是研究不同文学传统之间的关系,所以从一开始,比较文学就相对于各个单一民族文学的研究,强调比较不同民族不同语言的文学作品。这样一来,仅仅是比较就算不得是比较文学,同一种语言的文学作品之比较,也算不得是比较文学。因此比较《诗经》与《楚辞》、李白与杜甫、唐诗与宋词等等,因为都是中国文学传统之内的比较,就不是比较文学意义上之比较。比较文学必须是超出单一语言文化传统的比较,必须是不同语言和不同文学传统的作品相比较,才算是比较文学,而比较的目的是通过比较研究,见出不同文学作品之间的关系,最终达到在超出单一文学传统之外更广阔的范围里,对文学主题、体裁、思潮、运动等等,有更深入的了解和总体的把握。

比较文学既然是不同语言文学之比较,作为一门学科的比较文学从一开始就特别强调掌握不同的语言。19世纪对比较文学的发展做出重要贡献的一位学者是雨果·梅泽尔,他创办第一份比较文学刊物《世界比较文学》(*Acta Comparationis Litterarum Universarum*,1877—1888)并长期担任编辑。他在推出这份刊物时,写了具有纲要性质的文章,提出要实现歌德的世界文学理想,而办刊遵循的是"多种语言的原则"[1]。我们应该知道在当时提出这一原则,

---

[1] Hugo Meltzl, "Present Tasks of Comparative Literature (1877)," in Damrosch (ed.), *World Literature in Theory*, p. 38.

主要针对的是欧洲高涨的"民族原则",那种狭隘而且危险的民族主义思想,即"每一个民族今天都坚持最严格的单一语言,都认为自己的语言最优越,甚至注定会成为至高无上的语言"①。针对这种狭隘民族主义思想,梅泽尔提出"多种语言的原则",当然有其积极意义。这一原则在语言上对比较学者有十分严格的要求,具体化为"Dekaglottismus"即十种语言的概念,可是这十种语言——包括德、英、法、荷兰、西班牙、瑞典、冰岛、匈牙利、意大利和葡萄牙语,此外还加上拉丁语——无一例外都是欧洲语言。梅泽尔说,如果要包括非欧洲语言,那就还需要等到将来的某一天,那时候"亚洲文学终将转过来接受我们的拼音文字"②。当时比较文学的观念既如此,像歌德那样通过译本来读一部中国小说,就显然和比较文学应该做的事情相差很远。19世纪正是欧洲向外扩张的时代,是欧洲帝国主义和殖民主义的时代,19世纪建立起来的比较文学更理直气壮地以欧洲为中心。从欧洲中心主义的角度来看,值得研究的当然就是欧洲主要的文学,而超出欧洲以外去做比较的研究,就几乎不可能受到承认。在那种情形下,很难有甚至不可能有把东西方文学拿来做比较的比较文学。在当时,尤其在许多法国学者眼里,文学就是欧洲文学,于是我们可以理解为什么法国的《环球》杂志报道歌德谈他

---

① Meltzl, "Present Tasks of Comparative Literature," *World Literature in Theory*, p. 40.
② Meltzl, "Present Tasks of Comparative Literature," *World Literature in Theory*, p. 41, no. 11.

的诗剧《托夸托·塔索》,会把歌德使用的"世界文学"这个词改为"西方或欧洲文学"。在当时的许多法国学者和读者眼中,大概在欧洲或西方之外,很难想象有什么文学存在。

比较文学在 19 世纪欧洲刚刚兴起之时,强调欧洲比较学者应掌握十种欧洲语言,从学科的严格要求来说完全可以理解,但在一定意义上,这也暴露了传统的比较文学欧洲中心主义的偏见和局限。到 20 世纪 60 年代,法国学者艾田朴就很尖锐地批评过欧洲比较文学的局限。他认为梅泽尔提出那十种语言的比较文学始终只局限在欧洲,早就是过时的概念了,因为当中国、日本、印度、波斯和阿拉伯文学产生出许多古代经典的时候,"这十种语言的文学大部分都还不存在,或者尚处于十分幼稚的阶段"[①]。这其实也是歌德早有的认识。20 世纪 70 年代以来,一些杰出的西方比较学者,如前面提到过的西班牙学者纪廉,还有尤其与国际比较文学学会有关联的几位比较学者,如匈牙利学者乔治·法伊达(György Vajda)、荷兰学者佛克马(Douwe Fokkema)和美国学者厄尔·迈纳(Earl Miner)等人,都非常热心于把比较文学推展到欧美之外更广阔的领域中去,尤其注重东西方的比较研究。他们都心胸开阔,希望促进比较文学最终实现歌德呼唤过的真正普世性的世界文学,但他们在西方比较文学整体当中毕竟只是少数,而不是其

---

① René Etiemble, "Faut-il réviser la notion de *Weltliteratur*?" in *Essais de littérature (vraiment) générale*, 3rd ed. (Paris: Gallimard, 1974), p. 19.

主流。国际比较文学学会1976年在匈牙利首都布达佩斯举行第八次大会，那次会议似乎对亚洲和非洲文学显出了强烈的兴趣，大会参加者当中有后来在1986年成为非洲第一位诺贝尔文学奖获得者的尼日利亚作家索因卡（Wole Soyinka）。斯洛伐克著名的比较学者和汉学家高力克参加那次大会，深受鼓舞，就在1980年发表了一篇文章，呼吁比较文学应当注意亚洲和非洲的文学，但过了二十年之后的2000年，他又发表一篇文章，回顾当年的热情和希望，到最终却不能不承认说："在真正全球性的世界文学和作为一门学科的比较文学研究中，我充分意识到我可能只是'独自在荒野中呼唤的声音'（*vox clamantis in deserto*）。"[1] 高力克在他的文章里，评论了自20世纪70年代著名的斯洛伐克比较学者杜力辛（Dionýz Ďurišin, 1929—1997）以来，有关世界文学这个概念的讨论，涉及的文献不只有英美，更尤其有德国和欧洲其他学者的相关论述。他批评大部分欧洲学者的讨论往往仍然局限在西方范围之内。近如德国学者施麦林（Manfred Schmeling）1995年编辑出版的论文集《今日的世界文学：概念与视野》（*Weltliteratur heute: Konzepte und Perspektiven*），在高力克看来，就"常常表现出明显的，而更经常是暗藏的欧洲中心主义"。他更进一步说，这种欧洲中心主义到处蔓延，不仅德国学者编著的

---

[1] Marián Gálik, "Concepts of World Literature, Comparative Literature, and a Proposal," *CLCWeb: Comparative Literature and Culture* 2.4 (2000), p.6. ⟨https://doi.org/10.7771/1481-4374.1091⟩

《新编文学研究手册》(Klaus von See [ed.], *Neues Handbuch der Literaturwissenschaft*. Wiesbaden: Aula, 1972 – 1984. 25 vols)充满欧洲中心偏见,而且俄国学者编著的《世界文学史》(G. P. Berdnikov [ed.], *Istoria vsemirnoi literatury* [*A History of World Literature*]. Moscow: Nauka, 1983)也是一样。① 这也就说明,即使到20世纪80年代早期,虽然某些西方比较学者已经呼吁要超越西方中心主义,重视东西方的比较,但西方的比较文学基本上仍是以欧洲为中心。

纪廉在20世纪80年代中谈论比较文学时,提出三种研究模式,其中第三种"依据文学理论的原则和目的"设立其讨论的框架,而他认为东西方比较正是以这种模式为基础,提供了"特别有价值而且很有前途的探讨机会"。② 然而纪廉也认识到,东西方比较"在三四十年前,是得不到承认的。那时候的比较研究都致力于国际关系,用杨-马利·伽列(Jean-Marie Carré)那令人难忘的说法,rapports de fait,即事实的联系。即便在今天,还有不少学者相当反感超出民族文学范畴之外、没有体裁上关联的比较研究,哪怕暂且容忍这类研究,也表现出相当冷淡的态度"③。由于比较文学作为一门学科在语言上严格要求使用原文,不能依靠翻译,而跨越欧洲语言和非欧洲语言之间巨大的鸿

---

① Gálik, "Concepts of World Literature, Comparative Literature, and a Proposal," p. 4.
② Guillén, *The Challenge of Comparative Literature*, p. 70.
③ Guillén, *The Challenge of Comparative Literature*, p. 85.

沟，能够达到熟练把握的程度又相当困难，所以西方的比较文学基本上很少超出欧洲文学的范围，就像弗兰柯·莫瑞蒂所说，比较文学完全没有实现歌德提出的世界文学的观念，却"根本上局限于西欧，而且大多就沿着莱茵河一带（德国的历史语言学家研究法国的文学）"①。莫瑞蒂这一说法也许有点过度贬低了西方比较文学的意义和成就，因为西方比较文学当然不仅止于研究德法两国之间的文学关系，但东西方比较在西方比较文学的学术领域里长期处于边缘地位，只是在最近十多年才逐渐得到承认，则是无可争辩的事实。美国在20世纪50年代就已经出版了《诺顿世界文学杰作选集》(*The Norton Anthology of World Masterpieces*)，不过直到20世纪90年代中，这个经常作为大学教材被广泛使用的选本，都是按照西方文学史从古希腊罗马、中世纪、文艺复兴、古典主义、浪漫主义直到近代的顺序来编排。所谓"世界文学"基本上是欧洲文学，而并不是真正名副其实的"世界"文学。到20世纪下半叶，尤其是八九十年代以来，随着西方文学批评理论的发展，西方学界对欧洲中心主义提出了严厉的自我批判，同时对欧美以外的文学和文化也逐渐产生了较大的兴趣。于是在我们这个时代，仍然局限于欧洲或西方的比较文学已经不能够令人满意，而歌德当年呼唤的世界文学的时代，也的确应该到来了。

---

① Franco Moretti, "Conjectures on World Literature (2000) *and* More Conjectures (2003)," in Damrosch (ed.), *World Literature in Theory*, p. 160.

世界文学在当前兴起,为破除欧洲中心主义的局限提供了很好的机会,也有越来越多的文学研究者开始认真看待世界文学中的"世界"这两个字。我们回顾歌德的世界文学及其普世主义观念——他希望看到世界各国文学的优秀作品汇合起来,形成世界文学——再审视当今世界的社会状况,就可以更明确地认识到,何以世界文学的概念在我们这个时代会重新兴起。歌德在19世纪20年代最先谈论世界文学,马克思和恩格斯在1848年《共产党宣言》里,在谈到世界资本主义的迅速发展如何推动了全球性的趋势时,也提到这个观念,认为世界文学作为一种文化现象,正在无可避免地取代民族文学。如果说歌德的世界文学是一种人文主义的理想,马克思则把世界文学视为与当时政治经济发展紧密相连的全球性趋势的一种表现。现在有不少学者对歌德和马克思的世界文学观念提出不同的理解,如艾吉德·阿赫玛德认为:"马克思从他喜爱的诗人歌德那里,拿来了'世界文学'这个词以及认为创造世界文学是件好事情这样的想法。"不过他又说,马克思"不像歌德那样,把'世界文学'与思想高尚的知识分子之自我行动相联系,或视为几种主要的古典主义的交流方式,而是把世界文学视为内在于其他种类的全球化的一种客观过程,在那种全球化过程里,文化交换的模式紧随着政治经济的模式"①。在玛兹·汤姆森看来,歌德的世界文学观念是

---

① Aijid Ahmad, "*The Communist Manifesto* and 'World Literature'," *Social Scientist* 29: 7-8 (Jul.-Aug. 2000): 13.

"各国杰作之交响乐这样一个理想主义的憧憬",而马克思的世界文学观念则"更带一点蔑视的意味,即作为商品的书籍在全球流通的场景"。① 不少学者把歌德视为一个坚守欧洲古典人文传统的作家和诗人,而把马克思则理解为一个打破历史和文化传统的革命思想家,觉得他们之间对世界文学的理解完全不同。但是就世界文学这一观念的具体情形而言,这样的看法很值得进一步商榷。

歌德和马克思所构想的世界文学当然不同,但马克思深信历史是一个不断进步而向前发展的进化过程,是一个黑格尔式从低级到更高级形式发展的过程,所以他对资本主义和资产阶级创造的世界文学所做的评论,并不像有些当代论者设想的那么负面。就马克思而言,资本主义只是在它将被一个更高的社会历史发展阶段——即社会主义和共产主义——所取代这一意义上,才是被否定的,但那是黑格尔辩证法那种"扬弃"(Aufhebung)意义上的否定,也就是说,去除资本主义的局限性,同时又保存它作为人类历史和社会进步一个必然发展阶段已经取得的一切成就。所以在马克思看来,资本主义就其自身而言,优于中世纪的封建社会,更绝对优于中国和亚洲那种农耕社会的亚细亚生产方式,因为那是更为原始的社会发展阶段。当马克思宣称民族文学已经逐渐消亡时,他和歌德的看法相当一

---

① Mads Rosendahl Thomsen, *Mapping World Literature: International Canonization and Transnational Literature* (New York: Continuum, 2008), p. 13.

致，即把世界文学视为一种进步的新现象，所以《共产党宣言》里有这样一句话："民族的偏颇和狭隘已经越来越不可能存在了，于是从无数民族的和本土的文学当中，诞生出了世界文学。"① 马克思和歌德一样，是一个世界主义者，他认为世界资本主义的全球化趋势，正是产生社会主义革命必要的前提条件。他认为工人阶级是一种全球的革命力量，所以才有"全世界无产者，联合起来"这一著名的口号。由此看来，马克思的世界文学观念绝非与歌德的观念相对立，只不过他把世界文学视为全球资本主义生产方式的文化表现，而不是人文主义者对世界各国文学和文化传统主要作品的鉴赏和珍视。另一方面，歌德对当时欧洲政治和经济方面的情形，也并非毫未注意，他的世界文学观念同样有政治经济发展的社会背景。

在歌德和马克思的时代就已经感受到的全球化趋势，在我们这个时代变得规模更大，速度也更快，而正是在这样的时代背景之上，我们可以理解世界文学观念的重新兴起。正如特奥·德恩所说，在很长一段时间里，世界文学并没有处在比较文学研究的中心地位，但在 20 世纪 90 年代，情形开始发生很大变化，而那是和"具有地缘政治意义而且互相关联的两个事件相关"，一个是"冷战"的结束和极具象征意义的柏林墙之倒塌，另一个就是全球化的迅

---

① Karl Marx and Friedrich Engels, *The Communist Manifesto* (New York: The Seabury Press, 1967), pp. 136 – 137.

速推进。① 近四十多年来中国改革开放取得的巨大成就、亚洲和南美的经济发展，这些都是文学和文化现象发生改变的大背景；全球经济和世界政治领域发生的巨大改变，也必然会作用于文学和文化的领域。在全球的学术研究中，批判欧洲中心主义已经成为学界的共识，而这必然有助于打破以前以西方为中心的局限，促成世界文学的复兴。在这样有利的条件下，世界文学为研究者们提供了很好的机会，可以超越欧洲中心主义的局限，去研究欧洲和西方传统以外更广阔范围内的世界文学。从这个角度看来，世界文学对于非西方文学传统，也许具有更为重要的意义。

3. 何谓世界文学？

可是什么是世界文学呢？纪廉认为歌德虽然有开拓之功，但他并没有给世界文学以明确的定义，所以这个概念"极其模糊——或者让我们换一个更正面的说法，这个概念太含蓄，所以很容易产生许多误解"。如果按字面理解起来，世界文学可以说毫无意义，因为没有人可以研究全世界所有语言写出的全部文学作品。所以纪廉说，这完全是个"实际上做不到的荒谬想法，不值得一个真正的读者去

---

① Theo D'haen, "Worlding World Literature," *Recherche littéraire/Literary Research* 32 (Summer 2016): 8.

考虑，只有发了疯的文献收藏家而且还得是亿万富翁，才会有这样的想法"①。从歌德的时代以来，欧美学者对世界文学提出了各种解释。纪廉把歌德的概念追溯到伏尔泰、赫德尔等人更早的包括欧洲主要文学传统之外的普世观念，也强调歌德并不轻视民族文学，而"未来将有赖于各个不同的民族以及他们相互理解的能力"。纪廉特别说明，歌德把民族文学视为世界文学的起点，但这和民族主义即狭隘的爱国主义完全是不同的两个概念。他引歌德的话说："没有什么爱国主义艺术，也没有什么爱国主义科学。"② 这就说明在歌德看来，民族文学是必要的基础，但民族主义的狭隘意识则必须消除。世界文学不可能是世界上所有不同民族文学简单的总和，但任何文学又必须以某一民族语言和文学传统为存在的基础，所以这两者之间的关系很值得讨论。

彼鲁斯也认为歌德一方面谈论世界文学，同时又注意各个民族文学，所以对歌德说民族文学已经没有什么意义了这句话，"必须打一点折扣（cum grano salis）来理解"。他更进一步说："世界文学的发展不仅要继承与汇合已经建立了稳固地位的民族文学，而且需要去发现许许多多以前在西欧还不知道的民族文学，其中有很多正是在收集和翻译的过程中，才成为一种民族文学。"③ 世界文学与民族文

---

① Guillén, *The Challenge of Comparative Literature*, p. 38.
② Guillén, *The Challenge of Comparative Literature*, p. 41.
③ Birus, "Debating World Literature," p. 251.

学正是这样一种相辅相成的关系，世界文学应该是各民族文学最优秀的经典著作的集合，但世界文学又在重要的意义上不同于民族文学。这不同之处，就在于民族文学只属于某一种民族语言文化的传统，而世界文学则属于全世界所有的读众。本地的和全球的、民族的和世界的、经典和非经典的，这当中有几个十分重要的问题必须厘清，才可以使世界文学成为一个有意义的概念，可以做进一步的研究。

首先是定义的问题。在当前世界文学研究中，影响很大的一本书是戴维·丹姆洛什所著《什么是世界文学?》，对于世界文学近年来的兴起，这本书起了相当大的作用。丹姆洛什把纪廉批评那种模糊不清、"实际上做不到的荒谬想法"，缩小到比较能够把握的范畴，认为"世界文学包括超出其文化本源而流通的一切文学作品，这种流通可以是通过翻译，也可以是在原文中流通（欧洲人就曾长期在拉丁原文中读维吉尔）。在最广泛的意义上，世界文学可以包括超出本国范围的任何作品……无论何时何地，只有当作品超出自己本来的文化范围，积极存在于另一个文学体系里，那部作品才具有作为世界文学的有效的生命"①。这里强调流通（circulation）的概念，这就把世界上大部分只在自身语言文化范围内流传的作品排除在外，而只有超出民族文学范围之外，在世界上其他地方流通并获得很多读者

---

① David Damrosch, *What Is World Literature?* (Princeton: Princeton University Press, 2003), p. 4.

的作品,才算是世界文学的作品。丹姆洛什又说:"世界文学不是无穷无尽、无法把握的一套经典,而是一种流通和阅读的模式,是可以适用于个别作品,也可以适用于一类材料的模式,既可适用于阅读已经确立的经典作品,也可适用于新的发现。"[1] 这个定义之所以很有影响,就在于把世界各国汗牛充栋的无数文学作品,缩小到相对而言比较小的范围,可以成为文学研究的对象。也就是说,只有超出自身的语言文化,在世界其他地方流通的文学作品,才算是世界文学的作品,这样的作品读者不限于本国,却能得到世界其他地方读者的接受和欣赏。这个定义说明世界文学不能简单按字面去理解,不是世界上所有文学的总和,而是超出民族文学范围,在世界上流通的文学作品。

文学作品必须在一种语言中存在,所以要在世界上最大范围内流通,其语言也必须是世界上广泛使用的语言。丹姆洛什举维吉尔为例,因为古罗马时代的大诗人维吉尔用拉丁文写作,而拉丁文在整个中世纪直到近代,都一直是欧洲受过教育的人普遍使用的语言,即所谓 lingua franca,所以欧洲人的确曾长期用拉丁原文读维吉尔。然而自 17 世纪以来,欧洲各民族语言逐渐成熟发展,到现在,即便在欧美最古老和传统的大学里,也已经不再要求所有学生都必修拉丁文。在当前我们所处的多元化世界里,语言和文化的多元使任何超出自身语言文化流通的作品,都

---

[1] Damrosch, *What Is World Literature?* p. 5.

必须依靠翻译。于是在世界文学的定义当中，就把翻译放在很重要的位置。如果说传统的比较文学忽视翻译，当前世界文学研究却必须注重翻译，这也是世界文学与比较文学的差异之一。翻译与世界文学之间的关系，就成为一个值得探讨的问题。

在世界上流通的文学作品，是否就是或者就应该是世界文学的作品呢？流通固然把模糊而不可能有实际意义的"世界文学"在概念上变得更为清晰，可以实际操作，但流通本身并不能区分流通的作品之高下优劣，没有对作品本身的性质做明确规定，即没有任何价值判断。丹姆洛什把"经典"区别于"流通和阅读的模式"，似乎回避了价值判断的问题。在后现代主义和后殖民主义理论对许多基本的传统观念都做出相当彻底的批判和解构之后，尤其在美国的学术环境里，区分高下优劣、做价值判断变得相当困难，丹姆洛什的定义当中突出流通而不提文学作品的价值判断，也就完全可以理解。世界文学与文学的审美价值、世界文学与经典之间的关系等等，也成为值得进一步探讨的问题。

二　经典与世界文学

世界文学之所以是世界文学，当然有别于单一语言的国别文学或民族文学。一部文学作品无论在本国传统里如何知名，如果没有超出自身的语言文化传统，在其他国家和地区流通，建立起全球的名声，那就仍然只是某一民族文学的经典，而非世界文学的经典。我们如果审视国际上文学研究的实际情形，就很快可以发现，目前在世界范围内流通的著名作品，或者说目前讨论世界文学常常提及的作品，从古希腊的荷马史诗和悲剧、古罗马文学中的维吉尔，到中世纪和近代早期的但丁，到文艺复兴时代的莎士比亚、拉伯雷、塞万提斯，再到17、18世纪的剧作家高乃依、拉辛、莫里哀和小说家费尔丁、理查森、奥斯丁，到18、19世纪的诗人歌德、席勒、济慈、华兹华斯、雪莱、缪塞、波德莱尔，小说家左拉、巴尔扎克、狄更斯、托尔斯泰、陀思妥耶夫斯基，再到20世纪现代派作家和诗人庞德、艾略特、乔伊斯、卡夫卡、托马斯·曼、弗吉尼亚·伍尔夫等等，绝大多数都是欧洲主要文学传统的经典。非西方文学甚至欧洲非主要文学或"小"语种的文学，当然也有同样重要的作品,但这些作品却尚未在自身传统之外广泛流传,尚未得到世界上众多读者的鉴赏,也就尚未成为世界文学的一部分。就以中国文学而论,从先秦的《诗经》《楚辞》到两汉、魏晋的辞赋,从唐宋发展成熟的诗词到宋元戏曲和明清小说,加上现代白话写作的新诗和小说,中国文学有悠长的历史和丰富的成果,其中有许多著名作品完全可以和西方文学经典媲美,而当前世界文学的兴起,恰好为使这些作品超出自身文学传统走向世界,提供了极好的机会。

什么是经典?文学经典的意义是什么?如何使非欧洲文学或欧洲"小"语种文学中的经典之作,超出自身语言文化的范围,成为世界文学的经典?这些就是我们在本章要探讨的问题。

1. 何为经典?

我们在前面一章已经讨论了与世界文学相关的几个基本概念,首先明确了一个基本事实,即以世界之大,各种语言的文学作品数量之多,而我们的年寿又有限,一个人无论怎样努力,都只能读世界上极少量的作品,所以不加限定的世界文学是一个漫无边际、无法操作的概念,在批评和理论上都没有实际意义。在《什么是世界文学?》一书里,戴维·丹姆洛什提出一个比较能够把握的定义,突出了流通这一概念，把它作为界定世界文学的标准。这样的定义排除了没有广泛流通、读者群局限在某一国或某一地区之内的作品，就把世界文学区别于民族文学。他又进一步说，世界文学不是文学经典的总和，而是一种流通和阅读的模式。不过在我看来，这样界定世界文学虽然在概念的范围上有所限定，使世界文学成为一个相对而言比较具体而且可以操作的概念，但把流通作为标准，却还是过于宽泛，因为流通的作品并不一定都是有价值的、值得我们去认真阅读的作品。譬如许多在国际图书市场上广泛流通的畅销书，就并不等同于有价值的世界文学作品。当然，畅销书不一定没有文学价值，也不一定不会成为文学经典，但畅销或流通本身并不足以使一部文学作品历久常新，成为世界文学的一部分。许多畅销书风行一时，但就像流行的时装样式一样，季节一变，不久就过时而销声匿迹，被时间淘汰了。那么什么是有价值、值得我们去反复阅读的作品呢？这就是我们要讨论的一个重要概念，即文学的经典。

在西方语言里，经典这个词来自希腊文的 kanon，本义是"一条直棍""一把尺子"，引申为衡量同类事物的"标准"之义。公元前3世纪至公元前2世纪时，著名的亚历山德里亚图书馆里一些学者最先在这个意义上使用这个词，用来指一系列具有典范意义的古希腊罗马名著，为来学习的读者提供指导。公元1世纪时，罗马修辞学家昆提利安（Marcus Fabius Quintilian）在《演说术通论》（*Institutio oratoria*）里，也用这个词来"给学生准备一个书目，加深他们对文体风格的感觉，树立模仿的典范，提供知识，成为他们可以引用的学术资源"①。据研究希腊罗马古典的美国学者乔治·肯尼迪说，犹太《圣经》的希腊文译本，即所谓"七十人译本"（*Septuagint*），"也是亚历山德里亚图书馆的产物"，所以"圣经这个概念也许是先有了文学经典的概念，才在其影响之下形成的"。②既然西方经典概念和图书馆以及书目有这样密切的关联，我们就可以推想经典这个词从一开始就和教育紧密相关，是为年轻学子提供指导、最能作为典范、最可以代表某一文学和文化传统中最高价值的标准著作。

在中国和整个东亚，也有为教育年轻学子而选定的具有典范意义的经典概念。中国传统上把书籍分为经、史、子、集四大类，其中最重要的一类就称为经。《庄子·天运》篇记载孔子曾对老子说："丘治《诗》《书》《礼》《乐》《易》《春秋》六经，自以为久矣，孰知其故矣。"③这是古代典籍里很早提到六经的说法，而对什么是经，也历来就有各种各样的解释。有人说经是古代官书，又有人说经是圣人所作，为万世不易之常道。刘勰《文心雕龙·宗经》

---

① George A. Kennedy, "Classics and Canons," in Darry J. Gless and Barbara Herrnstein Smith（eds.）, *The Politics of Liberal Education*（Durham: Duke University Press, 1992）, p. 225.
② Kennedy, "Classics and Canons," p. 226.
③ 郭庆藩：《庄子集释》，《诸子集成》，北京，中华书局，1954，第3册，第95页。

篇就说:"经也者,恒久之至道,不刊之鸿教也。"① 这种说法大多都把经说成圣人所作,垂教万世,然而显然是先有了尊经的观念,再反过来解释经的含义。蒋伯潜在《十三经概论》里,就认为这两类说法"均不可通"。他觉得章太炎从语源学角度做出的解释更有道理,蒋伯潜说:"近人章炳麟尝曰:'经者,编丝连缀之称,犹印度梵语之称'修多罗'也。'按古以竹简丝编成册,故称曰'经'。印度之'修多罗'亦以丝编贝叶为书,义与此同,而译义则亦曰'经'。此说最为明通。据此,则所谓'经'者,本书籍之通称;后世尊经,乃特成一专门部类之名称也。"② 这个说法似乎最合理。所以佛教经典译成中文,就称为佛经,后来也用经字来翻译西方的经典。基督教的《圣经》称 Bible,来自希腊文 biblia,原义是书籍,应该是在"基督教纪元早期开始使用"③。由此可见,经、修多罗、canon、Bible 这几个词虽然最初的本义不同,但其核心的含义都可以相通,都指某一文学、文化或宗教传统中最重要的典籍。这几个词含义相同或相当,也就互相可以转译。

按照乔治·肯尼迪的说法,西方大概先有希腊罗马文学的经典,才在其影响之下产生了宗教圣经的概念,但在中国,则是先有儒家经典,包括《诗经》,后来才有较宽泛

---

① 刘勰著,范文澜注:《文心雕龙注》,北京,人民文学出版社,2006,上册,第21页。
② 蒋伯潜:《十三经概论》,上海,上海古籍出版社,1983,第2—3页。
③ John B. Gabel and Charles B. Wheeler, *The Bible as Literature: An Introduction*, 2nd edition (Oxford: Oxford University Press, 1990), p. 73.

意义上文学的经典。刘勰《文心雕龙》卷一包括《原道》《征圣》《宗经》《正纬》《辨骚》五篇，就以圣人的经典为楷模。在结尾《序志》一篇更明确说："文章之用，实经典枝条。"又说"盖文心之作也，本乎道，师乎圣，体乎经，酌乎纬，变乎骚"，都把儒家经典作为文学的楷模。① 但在中国古代，经并非只是儒家专用之词，《老子》之书称《道德经》，《庄子》之书称《南华经》，此外还有《墨经》，医家、兵家之书都可以称为经。文学也是如此。汉代王逸注屈原《楚辞》，就称之为《离骚经》。在中国文学悠久的历史上，许许多多重要作品逐渐成为经典，经的概念和经典作品的数量也不断扩大。严羽在《沧浪诗话·诗辩》里，就显然有一个文学经典的概念。虽然他说"诗有别材，非关书也；诗有别趣，非关理也"，但接下去就又说："然非多读书，多穷理，则不能极其至。"② 他在一开头就列出古来一系列文学经典，用来教导学诗者如何"从上做下"地做工夫。他认为学诗"先须熟读《楚辞》，朝夕讽咏，以为之本；及读《古诗十九首》，乐府四篇，李陵，苏武，汉、魏五言，皆须熟读；即以李、杜二集枕藉观之，如今人之治经；然后博取盛唐名家，酝酿胸中，久之自然悟入"③。文学经典不断扩大，从宋元到明清乃至现代，在严羽列出的书目之外，当然有更多文学作品成为经典，所以在中国，就

---

① 刘勰著，范文澜注：《文心雕龙注》，第726、727页。
② 严羽著，张健校笺：《沧浪诗话校笺》，上海，上海古籍出版社，2012，上册，第129页。
③ 严羽著，张健校笺：《沧浪诗话校笺》，第73页。

像在其他任何文学传统中一样，文学经典是一个开放式的概念，指的是文学传统当中最有价值、最具代表性的作品。文学作品的价值可以有多种，但作为文学，最重要的首先是文学本身的审美价值，即不仅可以动人以理，而且可以动人以情，语言的运用巧妙优美，使读者在审美经验和美的感受当中，获得心灵的感悟，对人生有更深刻的认识。

经典，尤其是文学经典，并非一旦形成就永久不变。随着社会和文化环境发生变化，有些经典作品会失去原有的价值和地位，而其他一些作品又会显示出过去未被认识或未受重视的意义。在我们这个时代，学者和读者对女性或少数族裔作者的文学作品，对西方之外的作品，都比以往有更大的兴趣，而文学经典也随之扩大，包含许多欧洲传统经典之外、过去被忽略的作品。然而单单是扩大并不解决所有的问题，文学作品不能仅仅因为过去曾经受到忽略，现在就一定成为经典。经典是百里挑一形成的，而一旦形成，就具有相当稳定的性质。文学作品要成为经典，首先必须自身有文字之美，有学者和批评家们做出努力，使人认识其文学价值和其他方面的意义。在有关世界文学的讨论中，经典的形成是一个重要议题，文学作品成为经典，必定是文学研究的成果，必须有学者和批评家做出解释，让人们深信一部作品如何可以超出其民族文学原来的范畴，能够对生活在很不相同的社会、政治、文化和历史情境下的读者群，都有价值和吸引力。因此，文学经典的形成离不开文学批评和阐释。

世界文学的兴起很自然地使我们想到，各国的文学研究者们现在可以从他们各自的文学传统中挑选出最优秀的作品，形成世界文学的一套经典。在我看来，这正是世界文学在我们这个时代的意义和价值，因为世界文学为世界各国不同文学传统的研究者提供了一个绝好的机会，尤其是非西方文学传统和迄今未受到足够重视的所谓"小"传统的研究者，可以把他们传统中最好的作品介绍给全球的读者，使他们熟悉的文学经典超出民族文学有限的范围，在世界上得到不同地区读者的阅读和欣赏。这看来似乎有天时、地利、人和，完全符合事物发展的逻辑，因为世界文学当前在世界很多地区都引起文学研究者的兴趣，是基于我们这个时代思想的主潮，那就是要超越欧洲中心主义，超越任何以自我为中心的思想局限，以真正全球的眼光来看世界。

就世界文学而言，我们每个人都很无知，都有很多值得去探索和发现的新领域和新作品。横在我们面前的像是有无尽宝藏的一片大海，我们只是站在海岸边上，手里拿着的不过是在海滩上拾起的几块石头或几片贝壳。拿我自己为例，以我自己的无知来说，我就很想多了解一点古代波斯文学和阿拉伯文学，了解神秘主义的苏菲派诗人，了解鲁米（Rumi）、萨迪（Sa'di）和哈菲兹（Hafiz）。我也很想多懂一点印度文学，读梵语史诗《罗摩衍那》和《摩诃婆罗多》那些引人入胜的故事，还有泰戈尔那些令人着迷的诗歌以及其他诗人的作品。我也很想听到古埃及和更古的美索不达米亚的声音，听到非洲和南美洲的声音。还有欧洲主要文学传统之外的文学,譬如北欧文学、捷克和波兰文学、巴尔干地区的文学,即所谓"小"语种的文学。不仅如此,就算是欧洲文学中已经很著名的重要作品,在世界文学全球性的新视野里看来,不是也会呈现出一点新面貌吗?我们不知道的东西实在太多了,有太多优美的文学名著我们几乎完全无知,这些经典著作本来完全可以使我们的生活在精神和心智方面都更加丰富,更有价值,带给我们更大的乐趣、更多精神的享受。

在我看来,把自己最熟悉的经典作品介绍给自己语言文化传统之外世界各地的读者,让他们也能阅读和欣赏这些经典,这就是世界各国文学研究者的任务。我强调说经典作品,因为经典按其性质本身就是不同文学传统中最优秀、最具有代表性的作品,是经过时间检验的作品,是一代又一代的读者在不同时代不同的政治、社会和文化环境里,都认为有价值的作品。西方有句谚语说"Ars longa, vita brevis",意谓人生苦短,而智术无涯。《庄子·养生主》也说:"吾生也有涯,而知也无涯。"[①] 人的生命有时间的限制,不能把宝贵的时间浪费在做不值得做的事,读不值得读的书,而要认识什么是最值得读的文学经典,唯一的办法就是靠世界不同文学传统的学者和批评家们来告诉我们,什么是他们文学中的经典,为什么我们应该去读那些经典。面临汗牛充栋、根本无法读完的文学书籍,莫瑞蒂提出

---

① 郭庆藩:《庄子集释》,第 54 页。

"远距离阅读"（distant reading）的办法："集中注意比文本小得多或大得多的单位，即修辞手法、主题、比喻——或体裁和系统。"① 但"远距离阅读"还需要文学作品的"精读"和"细读"来补充，于是在世界文学经典的形成当中，文学批评就变得十分重要。世界文学不是也不可能是恰好在国际书籍市场上到处流通的书，不是出版商或媒体为了商业利益或意识形态的原因，极力鼓吹推销、放在排行榜上的畅销书。世界文学只能是世界各民族文学传统当中，最重要的经典著作的集合。"远距离阅读"可以见出不同文学传统一些具规律性的体裁和模式，但文学研究还是离不开具体作品的仔细分析和鉴赏，经典作品的批评尤其是文学研究的核心。

2. 有关经典的争论

然而在西方学界，尤其在美国的大学里，经典已经成为一个大家避而不谈或者谈起来就容易引发争议的东西。我上面引用了美国研究古希腊罗马文学的学者肯尼迪的文章，那篇文章发表在20世纪90年代初一部争论美国大学人文教育的书里，那时候正有所谓"新保守派和后现代派之争"，而在那争论当中，肯尼迪说"教希腊文和拉丁文的

---

① Franco Moretti, "Conjectures on World Literature (2000) *and* More Conjectures (2003)," in Damrosch (ed.), *World Literature in Theory*, p. 62.

人处境颇为尴尬"。作为古典学者，他们教的都是死去的白人男性作者写的所谓"伟大著作"，那时正受到女权主义者、后现代主义者和后殖民主义者的猛烈批判，同时也很自然地"受到传统主义者的尊崇"。① 在这场关于人文教育的争论中，"新保守派和后现代派"分野明显，针锋相对，所谓"经典之战"（canon war）的论辩语气也十分激烈。文学作品，包括文学经典，本来就可能有各种不同解释，但是90年代在美国学界展开的"经典之战"和随后的"去经典化"，却远远超出一般学术见解的不同或解释的差异。在一定程度上，文学批评的政治很能够反映出美国社会的现实政治，显露出美国是一个碎裂的多元社会，无法超越群体利益和身份政治的冲突，达到所有人都能普遍接受的共识。在一段时间里，美国大学里的文学批评变得愈来愈政治化，两相对峙，传统经典被"去经典化"，"经典"这个观念和"伟大著作"的观念，都好像成为思想保守的表现，代表了压制性的传统意识形态。这种在大学里静悄悄发生的变化终于愈演愈烈，乃至著名的文学批评家弗兰克·凯慕德2001年在加州大学柏克莱做坦纳讲座（Tanner Lectures）的系列演讲时，就特意选择了经典这个具争议性的题目，并且与他的几位评论人直率地交换意见，尤其和著名的文化批评家约翰·基洛利（John Guillory）针锋相对，表示不同的看法。我们了解一下这场争论，对我们自

---

① Kennedy, "Classics and Canons," in Gless and Smith (eds.), *The Politics of Liberal Education*, p. 223.

己理解经典及其意义,应该很有启发。

凯慕德首先承认,经典是一个开放变化的概念,常常引起争论,但在以往的争论中,"很少或从来就没有人提议过,说全部经典,不管其中包括哪些作品,应该通通去经典化"。可是他发现90年代的情形已经很不一样,经典概念本身已被怀疑为"为了论证对少数人的压迫合理而造出来的邪恶神话",而文学价值的问题"则多半搁置一旁,被认为没有意义,甚至被视为毫无内容的废话而备受嘲讽"。① 凯慕德不仅谈经典,而且谈审美快感,认为那是"经典之所以为经典一个必要的条件,虽然不是那么明显的条件"②。在西方,尤其在美国文学和文化批评"去经典化"这样一种背景上,凯慕德选择经典为演讲主题,讨论审美快感,当然有其针对性。他认为经典必须能给人快感,但这快感不是简单的愉悦或满足,而是与哀怨或痛苦并存。柏拉图早说过,快感就是摆脱痛苦,或预期能摆脱痛苦。弗洛伊德也认为,快乐就是痛苦的消除。凯慕德由此论证说,最能感人的文学作品,都必定含有痛苦或哀怨的成分。他说:"我们不断在最好的诗里,发现有欢乐与沮丧一种奇特的混合。"③ 这使我们想起钱锺书题为《诗可以怨》那篇文章,阐述的也正是这个问题。钱锺书引用了中西文学里许多精

---

① Frank Kermode with Geoffrey Hartman, John Guillory and Carey Perloff, *Pleasure and Change: The Aesthetics of Canon*, ed. Robert Alter (New York: Oxford University Press, 2004), p. 15.
② Kermode, *Pleasure and Change*, p. 20.
③ Kermode, *Pleasure and Change*, p. 28.

彩的例证，说明东西方文艺传统里都普遍存在一个现象，即"苦痛比快乐更能产生诗歌，好诗主要是不愉快、烦恼或'穷愁'的表现和发泄。这个意见在中国古代不但是诗文理论里的常谈，而且成为写作实践里的套板"①。凯慕德的看法正符合钱锺书这个意见，即经典作品产生的审美快感不是单纯的快乐，而往往是带有哲理和悲剧意味的快感，是引导我们去深思和体验的快感。

然而凯慕德在做此演讲的时候，在美国学界的文化氛围里，文化批评家最讨厌的恰好就是经典和审美快感。文化批评的一个权威代表是纽约大学教授基洛利，他很有影响的著作是《文化资本：论文学经典的建构》（*Cultural Capital: The Problem of Literary Canon Formation*）。在有关文学经典、审美快感等问题上，基洛利和凯慕德的看法完全不同。他在评论凯慕德的演讲时承认，"文学批评在今天是一个颇受困扰的学科"，而究其原因，则是因为"大学里的文学批评家们"对于自己学科的"研究对象"抱着一种矛盾心理或情感，"这一矛盾情感典型地表现为两种形态：第一，不愿意把文学作品视为文学批评必然或不可或缺的对象。第二，甚至更反感在谈论文学时，把文学作品的快感当成文学存在的主要理由，也相应地把传达那种快感给文学批评的读者视为至少是批评的一个目的"。② 一般

---

① 钱锺书：《诗可以怨》，《七缀集》，上海，上海古籍出版社，1985，第102页。
② Guillory, in Kermode, *Pleasure and Change*, p. 65.

说来，学者专注于某一学问，都出于对那门学问的兴趣爱好，所以科学家一定爱科学，也喜爱自己研究的对象。可是人文学科的情形何以会如此不同呢？如果在美国，"大学里的文学批评家们"即文学教授们，对自己研究的对象即文学抱着犹疑的态度，认为文学没有意义和价值，甚至更糟糕，认为文学体现的都是过去时代具有压抑性的意识形态的错误观念，那么文学研究甚至整个人文学科都被边缘化，出现一种危机，那还有什么值得奇怪的呢？

基洛利拒绝承认文学或艺术作品提供的审美快感，可以高于日常生活中任何其他类型的快感。他甚至认为"把审美快感局限于正式的艺术品，是一个贻害无穷的哲学错误"。他又说，审美快感"对于人之为人说来，比起性交、进食、谈话和许多其他快感，并没有什么两样"[1]。拒绝价值判断，拒绝任何高低之分，当然是典型后现代派的态度。拒绝审美快感高于其他快感，也就必然拒绝更高的、"纪念碑化"的经典作品。所以基洛利提议"不要再把快感的性质和经典性的判断相联系，而且更进一步，不要再说审美快感在任何合理意义上是'更高的快感'"[2]。基洛利似乎把文学作品成为经典，即他所谓被"纪念碑化"，看成一件坏事，是使作品有"上升到经典地位的危险"。[3] 文化批评家绝不给文学作品任何特殊地位，因为在文化批评家看来，

---

[1] Guillory, in Kermode, *Pleasure and Change*, p. 75.
[2] Guillory, in Kermode, *Pleasure and Change*, p. 74.
[3] Guillory, in Kermode, *Pleasure and Change*, p. 75.

批评从来就是政治,而文化批评家要做的,就是用"进步的政治"来"中和文学作品的快感"。对于文化批评说来,文学作品并不比任何其他东西更有用,所以文化批评往往离开文学作品而转向电影、电视或其他任何媒体和大众流行文化的作品,而这些作品在文化批评中的用处,都只是"提供一次机会来肯定或者挑战那作品里所表现的信仰体系"①。换句话说,文化批评基本上是政治高于一切的批评。当然,基洛利在争辩中所说的这些话代表了一种相当激进的立场,不见得为大多数文学研究者和批评家们所认同,但他和凯慕德的争论,尤其是这场争论中激烈的语气,都显然暴露出在20世纪90年代和21世纪初的美国,文学研究的确出现了许多问题。

对于文学批评越来越脱离了文学本身,许多文学研究者都认识到是一个重大问题。差不多十年以前,在美国比较文学学会有关学科状况的报告里,主持撰写报告的美国学者苏源熙就明确地说,现在有一些理论语言学家可以完全不懂外语,只从理论上就可以谈论各种语言问题,而在近几十年里,也有一些文学研究者只空谈理论,不谈文学,"以研究文学为业而无须持续不断地讨论文学作品"②。这就指出了美国大学里文学研究面临的严重问题,而他提议重

---

① Guillory, in Kermode, *Pleasure and Change*, p. 67.
② Haun Saussy, "Exquisite Cadavers Stitched from Fresh Nightmares: Of Mimes, Hivers, and Selfish Genes," in Saussy (ed.), *Comparative Literature in an Age of Globalization* (Baltimore: Johns Hopkins University Press, 2006), p. 12.

新思考"文学性"问题,以为补救。① 在我看来,当前世界文学的兴起就提供了一个很好的机会,使文学研究者可以重新回到文学,重振文学批评。不过就是在今日,仍然有许多学者不愿意谈论经典,生怕一谈经典,就会被人视为保守甚至反动。就像约翰·凯比所说,在美国学界,"提起'伟大著作'这个话题,仍然还能激发如此多的辩论、争执,甚至冲突"②。他接下去还说:"在最近几十年里,任何制造经典的行为都受到各方面批评,甚至遭到强烈谴责。"③由此可见,经典在西方文学批评中,是一个颇具争议性的议题。

以研究后殖民主义知名的学者罗伯特·扬希望把后殖民主义和世界文学结合起来,但他恰恰是把世界文学理解为世界各国文学经典之集合,才把后殖民主义文学与之相区别,最终论证的不是二者的联系,而恰恰是两者多么不同。罗伯特·扬说,讨论世界文学往往会追溯到歌德,赞扬他的世界主义观念和他对非西方文学的欣赏,包括"他对波斯诗人哈菲兹的热烈赞赏"。然而后殖民主义批评家谈论起歌德与世界文学,着眼点却完全不同,他看到而且强调的不是歌德如何喜爱波斯诗人哈菲兹,却是哈菲兹的译者——以研究印度语言文化著名的威廉·琼斯爵士,是

---

① Saussy, "Exquisite Cadavers Stitched from Fresh Nightmares," p. 17.
② John T. Kirby, "The Great Books," in Theo D'haen, David Damrosch and Djelal Kadir (eds.), *The Routledge Companion to World Literature* (London: Routledge, 2012), p. 273.
③ Kirby, "The Great Books," p. 277.

"服务于东印度公司的一位法官,他翻译东方语言的作品,至少部分是为了方便殖民者行使权力"[1]。如果说世界文学宣扬"普世性"价值,那么后殖民主义文学则完全不同,是"对抗的文学",毫不含糊是"局部的"的文学,始终关注的是"某一特定权力的问题"。[2] 后殖民主义作家"关心的不是审美的影响,而是批判式的干预",所以对后殖民主义文学说来,"审美标准只能是次要的考虑"。[3] 这里把普世和局部相对立,把审美和政治相对立,已经显得过于简单,缺乏坚实的理论基础,而更令人难以理解的则是后殖民主义文学自认为占据了道德的制高点,和"伦理价值"有特殊的关系。[4] 可是后殖民主义文学怎么可能是世上唯一"对抗的文学"呢?后殖民主义文学怎么可能独霸为争取公平正义而奋斗的道德光环呢?难道在欧洲殖民主义发生之前和之外,世上就没有过痛苦,没有受难,没有违反公平正义这回事吗?后殖民主义"对抗的文学"怎么可能宣称自己是唯一"具有伦理价值"的文学呢?世界上许许多多伟大的文学作品,难道不都是描述人间疾苦,呼唤正义和公理,倡导伦理价值吗?

后殖民主义理论是产生在西方学院里的理论话语,曾参与到许多问题的理论争辩中去,印度学者屈维蒂指出一

---

[1] Robert J. C. Young, "World Literature and Postcolonialism," in D'haen et al. (eds.) *The Routledge Companion to World Literature*, p. 213.
[2] Young, "World Literature and Postcolonialism," p. 216.
[3] Young, "World Literature and Postcolonialism," p. 217.
[4] Young, "World Literature and Postcolonialism," p. 218.

个后殖民理论颇带反讽意味的一个事实,那就是"第三世界后殖民主义知识分子自愿迁徙到第一世界去,几乎完全决定了这一争辩如何进行,但却很少注意到本土下层的工人、农民人数多得多、范围也广得多的向外迁徙"①。既然如此,为什么产生在西方学院里的后现代、后殖民主义对文学和经典的看法,而且自觉意识到是"局部的,始终关注的是某一特定权力问题"的看法,可以普遍应用到西方以外的文学上去呢?只要我们从自己的生活环境和文学传统出发,认真考虑这样的理论,就可以明白其局限。在中国,大概还不大可能想象有人会提出把李白、杜甫、苏东坡、陶渊明、《牡丹亭》、《红楼梦》以及其他许许多多伟大的文学作品"去经典化"。即使有人提出这样的意见,大概也很难被人认真看待。不过话又说回来,即使在美国,"去经典化"也更多只是叫得响亮的口号,而不是社会生活的现实。在一阵喧嚣过去,尘埃落定之时,大多数对传统经典的争论和批判最终显露出来的要点,都不是要把全部经典推翻,而是要在经典中争得一席之地。其目的与其说是要把旧的经典扫地出门,毋宁说是想把某些新的作者放进经典的殿堂里去,是希望把美国黑人女作家、1993年诺贝尔奖得主托妮·莫里逊(Toni Morrison),尼日利亚作家奇努瓦·阿切比(Chinua Achebe)和美国华裔女作家谭恩美

---

① Harish Trivedi, "The Nation and the World: An Introduction," in Harish Trivedi, Meenakshi Mukherjee, C. Vijayasree, and T. Vijay Kumar (eds.), *The Nation across the World: Postcolonial Literary Representations* (New Delhi: Oxford University Press, 2007), pp. xxii – xxiii.

（Amy Tan）这类作者放进大学课堂的教材里去，而取代阿诺德（Matthew Arnold）、艾略特（T. S. Eliot）或默尔维尔（Herman Melville）这样传统的经典作家。其实经典，包括文学经典，都是经过时间检验，经历过许多变化形成的，也就不可能一夜之间就推翻或者改变。实际上在课堂教学里，像莎士比亚这样许许多多传统的经典作家仍然很有地位。文学经典在不断扩大，也正应该如此扩大，随着世界文学的兴起，经典可以扩大到前所未有的领域。世界文学的经典，尚须世界各地文学研究者的共同努力来建立。

3. 结语

世界文学的兴起为我们提供了回归文学的绝好机会，也就是说，回归到世界各国文学传统中经典作品的阅读和鉴赏，重新理直气壮地去做文学批评和文学研究。文学是语言的艺术，可以通过美的形式表现深邃的思想和深沉的情感，给我们以美的享受和快感。那种快感不同于一般的快乐，却是带有深远意味甚至往往与悲凉和哀怨相关联的感觉。喜爱文学的人都会理解这一点。回归文学，注重文学经典的阅读和鉴赏，就使文学批评重新成为文学的批评，而不是抽象虚玄的空论。文学批评脱离对文学作品审美经验和审美价值的讨论，也就从文学批评走向政治或其他领域；与此同时，文学批评又并不限于文本文字和修辞手段的分析，我们要深入理解和研究文学，往往又须在作品的社会、宗教、哲学、政治等广阔的背景上，才可以发掘其最深刻的意蕴。

世界文学也使我们能以全球的眼光看世界，清楚了解东西方之间的关系，看出西方的文学理论和批评概念，往往在西方以外也产生极大影响，所以我们应该以自己的文化和文学传统为基础，依据自己的生活经验，对这些理论和批评概念提出自己的看法，而不能人云亦云，机械搬用西方的理论概念。应该承认，西方理论和批评概念在中国学界也有很大影响，后现代、后殖民主义理论不仅被介绍过来，而且也常常用来讨论中国文学和文化。也正因为如此，我认为在讨论文学经典与世界文学时，有必要了解西方尤其美国在相关问题上的看法和意见，同时也须了解其局限和问题，并相应提出我们自己的看法。经历过"文革"和改革开放数十年巨大变化的中国人，对于经典的意义应该是深有体会的。在"文革"当中，我们曾以"封""资""修"三个字否定了几乎全人类的文化和经典，包括中国自己的传统文化和经典。那时候不仅没有经典，也没有教育，所有的学校都关闭了整整十年。那种激进远非美国大学里的后现代和后殖民主义理论话语可比。中国人在近代历史上经历过太多极具破坏性的动乱和激进的虚无主义，这也许可以说明，为什么今天的中国人绝大多数都十分珍视自己的文化传统。我们认识到，无论有多么激烈的批评和批判，大部分的经典都总会继续存在。从长远看来，时间，也只有时间,才有能力造就经典,或销毁经典。然而批评经典,鄙薄前贤,都是古已有之,在历史上都不是什么新东西。早在唐代,就有人菲薄初唐四杰,使得诗人杜甫不得不站出来捍卫传统和经典,斩钉截铁地说:"尔曹身与名俱灭,不废江河万古流!"① 世界文学就正是如此,只有世界不同文学传统中经得起时间检验,像江河一样万古长流的经典,汇集起来才成为真正意义上的世界文学,成为值得我们珍视、值得去认真阅读和鉴赏的、名副其实的世界文学。

---

① 杜甫:《戏为六绝句》其二,仇兆鳌《杜诗详注》,北京,中华书局,1979,第 2 册,第 899 页。

三　翻译与世界文学

世界文学既然包括不同语言文学传统中最优秀的经典之作，要使这些不同语言的作品广泛流通，就必须依靠优质的文学翻译。如果说传统的比较文学注重把握原文，对翻译总抱着犹疑和不信任的态度，那么世界文学在其概念本身，就与翻译有无法隔绝的关系。其实比较文学研究也从来不可能完全与翻译绝缘，只是要深入分析文学作品，的确需要对作品原文语言有准确的理解和把握。在这一点上，其实世界文学研究又何尝不是如此？只是我们现在说的世界文学，尤其是超出欧洲主要文学传统之外的文学，其语言就不是过去欧洲比较文学研究常会使用的英、法、德等语言，而要包括欧洲之外亚洲、非洲等其他语言。所以研究世界文学和研究比较文学相较而言，要求掌握的语言不是更少，而是更多。但从实际出发，无论懂多少不同语言的学者，都不可能懂世界不同地区所有主要的语言，所以世界文学就不能不在很大程度上，依靠高质量的翻译。欧洲经典作品之外其他文学传统中的经典，许多都还没有翻译成能够为大多数人所阅读和欣赏的语言，超出作品原来语言文化的范围,在世界上去广泛流通,所以文学翻译就特别重要,而一系列与翻译相关的问题,也特别值得我们认真探讨。

1. 翻译和语言

19世纪初,歌德在与爱克曼谈话中提到世界文学时,他正在通过欧洲语言的译本读一部中国小说。由此可见,世界文学这个概念一开始提出,就与歌德阅读一部翻译成欧洲语言的中国小说这一经验相关,也就是说,在通过翻译接触到与欧洲文学很不相同的东方文学时,歌德才产生了世界文学即将来临的想法。克劳迪奥·纪廉在讨论歌德的世界文学概念时说,歌德把世界文学与民族文学相对照,就形成了"本土与普遍之对话,或单一与众多之对话",而正是这样的对话"为最好的比较研究灌注了生气"。[①] 对话总是在互相可以了解的语言中进行,比较研究的对话就必然涉及语言问题,而不同文学的对话,尤其是超越大范围语言文化传统的对话,也就必然涉及翻译问题。我在第一章已经提到,世界文学如果被简单理解为全世界所有不同文学的总和,就会是一个过分宽泛模糊的概念,纪廉更认为那是一个"无法付诸实践的荒唐观念,不值得真正的读

---

① Guillén, *The Challenge of Comparative Literature*, p. 40.

者考虑，只有头脑发热的文献收藏家而且还得是腰缠万贯的富翁，才会产生这样的观念"①。世界文学并不是世界各国所有文学作品的总和，所以必须有一定的限定，需要有明确的定义。丹姆洛什在《什么是世界文学？》这本书里，就试图界定这个概念，使之成为在文学研究中相对而言可以把握、可以运作、有意义的概念。他认为："世界文学包括或以原文或通过翻译超出其本来文化范畴流通的全部文学作品（在欧洲，人们在很长时间里都是用拉丁原文去读维吉尔）。"② 丹姆洛什这个定义里突出的是"流通"的概念。一部文学作品无论如何优秀，无论在其原来的语言文化里多么重要，如果只在其自身的语言文化传统里流传，没有进入世界的阅读范围，那就还只是某一民族文学里的作品，而不是在别的语言文化范围内也广泛流通的世界文学。要以原文而又超出其本来文化范畴在世界范围内流通，那种文字就必须是在世界不同地方广泛使用的语文，即拉丁文所谓 lingua franca。从古罗马时代到中世纪，直到近代早期甚至 17、18 世纪的欧洲，拉丁文就是这样一种在西方通行的语言。丹姆洛什所举古罗马诗人维吉尔的作品就是拉丁文学里的杰作，在很长一段时期里，欧洲各国受过教育的人都会掌握拉丁文，也就都能够直接阅读维吉尔和其他诗人的拉丁文原著。在东亚地区，同样在很长的一段时期里，从隋唐时代一直到 19 世纪末甚至 20 世纪初，语言

---

① Guillén, *The Challenge of Comparative Literature*, p. 38.
② Damrosch, *What Is World Literature?* p. 4.

文化都各不相同的朝鲜、日本和越南,都逐渐采用中国的文言作为通用文字。于是就像拉丁文在欧洲一样,在整个东亚地区即在所谓汉字文化圈里,中文也曾经是几个国家广泛使用的语文。近代以来,各国的语言文化都不断发展,无论拉丁文在欧洲或中文在东亚,都不再是普遍流通的语言,于是人们的交往越来越需要翻译,需要把握在国际上广泛流通的语言。丹姆洛什的定义强调流通,就把世界文学从一个过分广泛模糊的概念,圈定在一个比较能够把握的界限之内,同时也突出了文学翻译的意义。

彼鲁斯特别讨论了歌德关于翻译的看法,认为在各民族交往的对话之中,歌德十分重视翻译的重要性。他引用歌德致卡莱尔的信中一个特出的看法,认为"译者不仅服务于他自己的民族,而且也服务于他所译那种语言的民族"①。彼鲁斯强调说,今日之比较文学必须适应这个全球化的时代和超越欧洲中心主义局限的要求,因此我们"必须理解,文学翻译绝不只是一种应急的手段。爱克曼记录那段有关世界文学的谈话,毕竟起于歌德在读中国明代一部描绘风俗人情的小说,即阿贝尔-赫缪萨(A. J. Abel-Rémusat)所译《玉娇梨》的法文译本 *Yu-kiao-li ou Les deux cousines*(Paris 1826)"。② 在我们这个时代,比较文学不能只局限于欧洲主要语言的文学,而应该有更多非欧洲文学或欧洲"小"语种文学作品的比较研究,这一方面

---

① Birus, "Debating World Literature," *Journal of World Literature* 3: 3, p. 258.
② Birus, "Debating World Literature," p. 260.

突出对更多语言的把握，另一方面也突出了翻译的重要。其实在欧洲文学传统中，翻译起过重要的作用，许多"小"语种里的大作家，其著作也是通过翻译才得以广为流传。安德烈·勒夫费尔说："很多用'小'语种的语言写成的作品，如斯特林堡的戏剧，如果没有用具权威性的语言推出，就不可能属于'世界文学'，在这个案例里是法语。同样，易卜生的戏剧作品并不是以他原文的挪威语流传到整个欧洲，而是由柏林的人民剧院（Volksbühne）用德语演出才遐迩闻名。"① 正是在这一点上，世界文学和传统的比较文学很不相同。我们在第一章里已经提到，传统上比较文学强调必须从原文去做研究，基本上忽略和轻视翻译，对比较学者在语言上有很高而且严格的要求。19世纪比较文学刚刚发展的早期，第一份比较文学刊物的主编梅泽尔提出比较学者必须掌握十种语言（Dekaglottismus），这一要求的目的固然是要超越民族文学单一语言的传统，在更大范围内来研究不同文学之间的关系，但梅泽尔要求掌握的十种语言全都是欧洲语言。当比较文学在19世纪欧洲刚刚兴起之时，强调欧洲比较学者应该把握十种欧洲语言，或者尚可以理解；但在我们这个时代，把比较文学研究的范围仅仅局限于欧洲语言的文学，即仅以欧洲为中心，就远远不够了。世界文学包含更广，以全球各地区为讨论的范围，所

---

① André Lefevere, "Translation: Its Genealogy in the West," in Susan Bassnett and André Lefevere (eds.), *Translation, History and Culture* (London: Pinter Publishers, 1990), p. 24.

以要求对研究的作品都要从原文去把握，更是不切实际，于是翻译更成为研究当中必须重视的成分。研究世界文学需要了解的文学范围更广，于是对外语的要求不是比以前更低，而是比以前更高，不是局限于欧洲语言，而是需要超出西方语言文学的范围，去了解西方之外的语言和文化。东西方比较逐渐得到更多学者的承认，这是非常重要的一点。另外还有重要的一点是，世界文学本身就是超出自身语言文化范畴在国际上流通的作品，这样的作品往往要通过翻译才得以流通，所以翻译成为世界文学定义的一部分，在世界文学研究中也就具有特别重要的意义。虽然翻译研究作为一门学科，好像已经有一段历史，有许多理论探讨，但作为世界文学研究的一部分，对文学翻译问题，从语言到翻译的性质和译者的任务等方面，都必须重新思考，重新探讨。

我认为世界文学的兴起，为世界各国的文学研究者提供了一个极好的机会，使他们能够把自己最熟悉和了解的文学经典翻译介绍给世界各地的读者，使这些经典著作能够超出自身语言文化传统的局限，得到世界上更多读者的了解和欣赏。欧洲主要的文学，包括英国文学、法国文学、德国文学，还有西班牙文学、意大利文学，也包括19世纪的俄国文学，都有许多语种的翻译，成为世界文学的经典。但除此而外的非西方文学，如中国文学，甚至也包括欧洲"小"语种的文学，相对说来却翻译得很少，在世界范围内也并没有广为人知。通过翻译使非西方主流传统的文学经典，从民族文学相对狭隘的范围引入世界文学广阔的领域，这就是今日各国文学研究者应该努力去完成的工作。

2. 英语和语言"霸权"问题

翻译当然有一个语言的问题，即翻译成哪一种语言，才可能使各国的文学经典超出原来民族文学的范围，在国际上流通而成为世界文学的一部分。当拉丁文尚为欧洲最流通的语言时，法文已经开始与之争锋，到19世纪，法文几乎有取代拉丁文而成为欧洲最通行语言之趋势。在20世纪战后的世界，尤其到今天21世纪这个越来越全球化的时代，英语毫无疑问取代了拉丁文或法文，成为目前在世界范围内和在国际交往中最通用的语言。英语可以说就是今日世界的lingua franca，所以在目前情形下，除了用英语写作的文学作品之外，其他任何文学作品要超出自身语言文化的范围，从某一民族文学作品变为世界文学作品，都必须通过翻译，首先是翻译成英文。因此，把不同文学传统的经典作品翻译成英文，是使这些作品得以在国际最广阔的范围内流通的必然途径。把英语作为世界上最通用的语言，当然也就是承认英语比别的语言有更多的文化资本。法国学者帕斯卡尔·卡桑诺瓦在《文学的世界共和国》那本颇以欧洲尤其是巴黎为中心的书里，就很直白地告诉我们："一般人以为文学是一片和平的境地，然而文学世界的实际却与此大不相同。"① 卡桑诺瓦那本书里表现出来那种强烈的欧洲中心主义,或曰巴黎中心主义,我当然绝不可能赞同,但与此同时,我又不得不赞赏她那种直面现实政治的态度,可以直言不讳地谈论世界力量分配的不均等。卡桑诺瓦十分明确地说,文学的资源不是大家均等的,而是从来就取决于各个国家政治、经济、军事、外交和地理、历史等诸多因素,在以西方为中心的大都市和非西方为边缘的小村镇之间,文化资本和语言的名声"也是很不平均地分配在各国之间"②。也许我们可以说,现在世界格局正在发生根本性的变化,西方的主导地位正在逐渐受到挑战,但毋庸置疑的是,随着"二战"之后美国在政治、经济、军事、外交等各方面的强盛,在语言和文化方面,其影响也超过其他各国,所以直到目前为止,英语仍然是目前最广泛使用的国际语言。我说应该把各国文学经典翻译成在世界范围内最能够广泛流通的语言,也就意味着首先是翻译成英语。

有些学者对这样的翻译表示反对,认为这只会加强英语的"霸权地位"。印度学者阿米尔·穆夫惕就批判具有"霸权"地位的英语"装扮成普世交往的唯一媒介",取代了印度许多本土语言和方言。③ 他特别尖锐地批评萨尔曼·

---

① Pascale Casanova, *The World Republic of Letters*, trans. M. B. DeBevoise (Cambridge, Mass.: Harvard University Press, 2004), p. 12.
② Casanova, *The World Republic of Letters*, p. 39.
③ Aamir R. Mufti, "Orientalism and the Institution of World Literature (2010)," in Damrosch (ed.), *World Literature in Theory*, p. 336.

拉什迪（Salman Rushdie）在编辑一部独立后印度小说选本时，在印度那么多的语言和方言写就的小说中，就找不出一部值得翻译成英文放进那部选本里去，却只选取直接用英语写成的印度小说来代表当代的印度文学。在穆夫惕看来，这显然是英国殖民统治和文化东方主义的结果，因为被拉什迪忽略的那些语言都是"文学主潮，其中有些已经有上千年之久的传统"①。不过由此看来，穆夫惕批评的并不是英语本身，却恰好是拉什迪没有把印度众多当地语言的作品选一部来译成英语。通过翻译这些当地语言中最优秀的作品，世界文学本来可以解决这类问题，使人们意识到穆夫惕所谓印度的"英语小说语言环境的丰富多样性"②。因此，问题就不在于英语本身，而在于谁使用英语，怎样使用英语。其实颇有点讽刺意味的是，穆夫惕振振有词批判东方主义和"全球英语"的文章，也正是用英语写成，在美国著名的刊物上发表，才得以产生较大的影响。如果他选取印度本土众多的语言或方言中的一种来写他的文章，他批判英语"霸权"那篇文章，大概就很少人会知道，也不可能产生大的影响了。现在英语在全球普遍使用，也许把英语作为外语使用的人，比英语为本族语使用的人还要多，这说明英语作为一种通用语言，已经不仅仅属于英国人和美国人，而是服务于世界各地任何使用英语的人，使他们得以表达自己的思想意识，达到他们使用英语的目的。

---

① Mufti, "Orientalism and the Institution of World Literature," p. 337.
② Mufti, "Orientalism and the Institution of World Literature," p. 338.

我认为语言学上所谓"萨皮尔-沃尔夫假定"(Sapir-Whorf hypothesis),即以为语言决定思想,好像使用英语会把使用者变成英国人,使用英国人的思维方式,那是十分荒谬的看法。英国人和其他任何国家、任何民族的人一样,有各种各样的思想,究竟哪一种能代表所有英国人的思维呢?什么是所谓"英国人的思维"呢?正如塞蒙·沙菲尔所说:"人们经常互相争执这一个简单而严酷的事实,就足以彻底驳斥以为人都是语言的囚徒,或人们共有一种特殊思维方式这一观念。"[①] 由此我们也就可以断定,以为使用英语就会加强英语的"霸权"力量,那是完全荒谬的看法。事实恰恰相反,英语可以让使用英语的人,包括许许多多本族语是非英语的使用者,能够用这种语言来达到他们交往通讯的目的,使他们能够把自己要表达的思想和意图传达给世界上更多的人。正当世界文学的兴起使非西方文学经典可以通过翻译超出自身语言文化的范围,在世界上更广阔的范围内流传,成为世界文学的一部分时,那种反对英语"霸权"、反对把非英语文学经典翻译成英语的理论,看起来似乎政治正确,似乎很是激进,但实际的结果却恰恰会使非西方的文学经典不能通过翻译在世界上流通,不能为世界上更多的读者所认识和欣赏,也就继续保证西方文学经典才是唯一在世界上流通的经典,是无可挑战的世界文学经典,于是具有真正"霸权"的地位。这看来很有点反

---

① Simon Shaffer, "Opposition is True Friendship," *Interdisciplinary Science Reviews* 35: 3-4(2010): 281.

讽的意味，但事实的确如此。

3. "不可译"概念批判

西方的翻译研究已经有不少著作，但对于文学翻译的实践似乎没有什么帮助，反而强调所谓"不可译"的概念，也就是对翻译的可能性提出质疑甚至否定。约翰·萨里斯从哲学理论的角度考虑翻译问题，质疑什么是"不可翻译"，质问："超越一切翻译来开始思维意味着什么呢？"① 如果柏拉图和康德都认为思维就是对自我说话，也就是说，思维总是在语言中进行，那么"思维就绝不可能避开翻译。……换言之，思维要避开翻译，就意味着思维会堕入毫无意义的喑哑。如果思维是对自我说话，那么一旦不能表达意义，思维就算不得是思维了。如果只有能说话的人才可能沉默，那么那样的思维就会堕落得甚至连沉默也算不上了"②。当然，哲学家和神秘主义者都恰好做过这种沉默之梦，萨里斯虽然尽力批驳这种神秘主义，他却不得不承认，"为不可译性作证者比比皆是"③。在当前的翻译研究中，"不可译性"的确是一个经常出现、颇有影响的概念，其强调的是语言、文化和观念上的差异。

---

① John Sallis, *On Translation* (Bloomington: Indiana University Press, 2002), p. 1.
② Sallis, *On Translation*, p. 2.
③ Sallis, *On Translation*, p. 112.

基于"不可译性"概念对世界文学和翻译做出批判，也许最有代表性的就是艾米丽·阿普特尔，她认为世界文学和翻译研究都忽略了"不可通约性和很多人所说的不可译性"，"轻视了不可译者的权利"，还说"世界文学在核心当中完全遗忘了不可译的东西"。① 那么到底什么是不可译的呢？学过一点外文的人都知道，有些词或词语在另一种语言里找不到对应的表达，所以在技术层面说来，这些词和词语是不可翻译的。但这并不意味着这些词语无法使说另一种语言的人理解。通过注释、评注、解释、译音、外来语等多种办法，任何词语都可能在另一种语言里让人明白其含义，所以说到底，那些没有对应词语的表达还是可译的。阿普特尔自己不就主持翻译了芭芭拉·卡珊（Barbara Cassin）的 *Vocabulaire européen des philosophies: Dictionnaire des intraduisibles*，也就是《欧洲哲学词汇：不可译词语的词典》吗？在这里具有讽刺意义的首先是"intraduisible"即法文的"不可译"这个词可以翻译成英文的"untranslatable"，而且这里讨论翻译，都只停留在不同语言即跨语言的层面上，在此是法文翻译成英文。此外更具讽刺意义的是，在阿普特尔主持下，把法文翻译成英文完全可以，但说到翻译非西方语言时，她就大谈特谈所谓根本的"不可译性"概念了。如果我们所说的翻译是指把不可辨识的变成可以理解的，那么翻译就不仅是跨语言的

---

① Emily Apter, *Against World Literature: On the Politics of Untranslatability* (London: Verso, 2013), pp. 3, 8-9.

问题，也是语言本身的问题。即使是同一种语言的内部，由于隔着一定时空的距离，也会产生翻译的问题。有时一篇古代文献对当代读者说来，理解起来就和外文一样难，甚至比外文还要难。在这种情形下，正如乔治·斯丹纳所说，理解就等于翻译。正确理解起来，翻译"是通讯的圆弧当中的一个特例，而任何语言里一个成功的言语活动都会画满这个圆弧。在跨语言的层次上，翻译可以让我们看到集中的、显然困难的问题；可是在同一语言内部，在隐蔽的或平常不为人们注意的层次上，这类问题同样存在。简言之，**无论在语言内部还是在语言之间，人类的通讯都等同于翻译**"①。理解或人类的交往通讯都是一个不断发展变化的过程，不是达到一个终极目的就不能再往前推进，所以理解和翻译都永远是不完善的、非静止的，也就可以不断改进。翻译和理解都不是最终完成的结果，而是开放的，也就可以不断改进。但翻译无论有多么困难，也无论如何不完善，总在不同层次和不同程度上可以完成。否认翻译之可能，只不过是自欺欺人，对人类通讯和交往的事实视而不见，充耳不闻罢了。

然而阿普特尔所说不是技术层面上不可译的词语，而是概念层面上的不可译性，是哲学或神学意义上的不可译。所以她在书中征引"维特根斯坦所说的无意义，在《逻辑哲学论》中使用的一套词汇如 das Unsagbare（不可说的）

---

① George Steiner, *After Babel: Aspects of Language and Translation* (Oxford: Oxford University Press, 1975), p. 47; emphasis in the original.

和 das Unaussprechliche（不可表达的）。……在那里神秘主义和玄学的无意义压倒了一切"①。她还提到"禁止亵渎的法令或历史上禁止将《圣经》经文译为现代语言的禁令"②。由此可见，阿普特尔所谓不可译首先是一个哲学上的难题，是概念上的困惑，然后也是一个宗教观念，是神圣之默然，是神秘宗之言语道断，是不可言说也不可表达的道或逻各斯。维特根斯坦在《逻辑哲学论》的序里，把全书主旨做了有名的总结。他说："凡能言说的就能够说得清楚；凡不能言说的，就该保持沉默。"③ 维特根斯坦在此书的中间部分和结尾，还重复了这一陈述。很明显，维特根斯坦以及在他影响之下的维也纳小组和英美分析哲学，都专注于思维和语言精确性的问题，因为按维特根斯坦所说，哲学要做的就是"使思想明确，能够清晰界定，否则思想就会含混不清"。但我们用自然语言所说的很多话，包括我们关于善和美的话，也即伦理和审美的内容，从理想的语言精确性角度看来，都是"含混不清"，也即是"无意义"的。在维特根斯坦看来，唯一能够精确说出的"全部真实的陈述"就只能是"全部的自然科学"，自然科学无须依靠语言来展示其效果，而是在语言之外显示其存在。④ 然而哲学也不是自然科学，所以最终说来，哲学和全部的逻辑学也是不可

---

① Apter, *Against World Literature*, p. 10.
② Apter, *Against World Literature*, p. 12.
③ Ludwig Wittgenstein, *Tractatus Logico-Philosophicus*, trans. C. K. Ogden (London: Routledge & Kegan Paul, 1983), p. 27.
④ Wittgenstein, *Tractatus Logico-Philosophicus*, p. 75.

表达的。维特根斯坦于是像弗里茨·莫特纳（Fritz Mauthner）那样断然宣称，全部哲学都必须是"语言的批判"，否则哲学的陈述就都毫"无意义"。① 按维特根斯坦的说法，唯一可以想得明白、说得清楚的陈述，只能是"自然科学的陈述，也就是说，与哲学毫不相干的东西"②。

如果我们按照维特根斯坦在《逻辑哲学论》里所说的去做，那么我们不仅关于世界文学应该保持沉默，而且关于绝大部分人文和社会科学，包括哲学，都应该沉默。难道文学研究者应该那样去否定语言吗？文学研究者愿意那么做吗？难道研究文学的人应该心甘情愿地承认，自然科学是达于真理的唯一途径，人文和社会科学都是不可说的，都应该保持沉默吗？阿普特尔对此似乎没有涉及，如果涉及而且接受维特根斯坦的说法，那么她去主持翻译什么欧洲哲学词汇的词典，还有什么意义吗？事实上，为维特根斯坦之书撰写导言的罗素，对那种说法也颇有保留。罗素说，维特根斯坦的观念必然会引出这样一个无可避免的结论，即"哲学不可能说出任何正确的东西。所有哲学的陈述都会犯语法错误，我们通过哲学讨论最多能期望达到的，就是让人们认识到哲学讨论是一个错误"③。但接下去罗素又颇带讽刺地说："不过维特根斯坦先生却设法对那不可言说的说了很多话，于是便给那心怀犹疑的读者暗示说，也

---

① Wittgenstein, *Tractatus Logico-Philosophicus*, p. 63.
② Wittgenstein, *Tractatus Logico-Philosophicus*, p. 189.
③ Bertrand Russell, intro. to Wittgenstein, *Tractatus Logico-Philosophicus*, p. 11.

许通过语言的等级秩序,或者通过别的什么途径,有可能还有一个什么漏洞可钻。"① 文学当然不是自然科学,可是为什么文学和一般人文学科必须臣服于自然科学及其"全部真实的陈述",把自然科学当作唯一的典范,亦步亦趋地去模仿呢?

作为哲学家,维特根斯坦的思想有其变化的过程。《逻辑哲学论》毕竟是维特根斯坦比较早期的著作,而他在后来的著作中,并没有否认以诗来言说的可能。阿普特尔也没有注意到这一点。我们如果再读多一点维特根斯坦的书,就发现他曾经明确区分哲学和文学的语言,承认诗的表达形式与哲学的陈述不同,是独特而不可替换的。他在《哲学探索》中说:

> 我们说理解一个句子,这个句子可以被另一个表达同样意思的句子所代替,但也有不能被任何别的句子所代替的语句。(许多音乐的主题可以被另一个主题代替。)
>
> 在一种情形下,句子里的思想是不同句子所共享的;而在另一种情形下,句子里的思想就只能用在这些位置上的这些词语来表达(理解一首诗)。②

---

① Russell, in Wittgenstein, *Tractatus Logico-Philosophicus*, p. 22.
② Ludwig Wittgenstein, *Philosophical Investigations*, 3rd edition, trans. G. E. M. Anscombe (Oxford: Basil Blackwell, 1968), pp. 143 – 144.

由此可见，维特根斯坦所谓"不可言说"不能按字面去简单理解，而他在《逻辑哲学论》里表述那种以自然科学为唯一真理的意见，在他后来的《哲学探索》一书里，已经有所改变和修正。看来阿普特尔只看《逻辑哲学论》，却不看或者没有看维特根斯坦的《哲学探索》。她对维特根斯坦的理解，还在颇为浅显的层次，对维特根斯坦的全部哲学，还缺乏全面深入的理解。然而阿普特尔还谈到世俗化、亵渎神圣、忽略宗教真理等等，又主张认真对待"神圣的不可译性"，呼吁学者们要"接受其字面的意思，而不要摆出世俗论者居高临下的姿态"①。在某些宗教实践里，认真对待所谓"神圣的不可译性"的一种方式，就是言语道断，沉默不语，完全摆脱语言。某些寺院里的神秘宗奉行所谓否定性神学（apophatic theology），就正是这样做的。他们在修道院里行动起居，都沉默不语，不能说话。但是神秘宗还有另一种方式来回应那不可言说者，而那不是以沉默，却恰恰是用语言来回应。正如卡尔·弗斯勒所说，神秘宗一方面认为"没有任何名适于上帝，因为上帝高于一切具名的造物"，但另一方面，却又"因为上帝是天下万物的造物主，一切事物的一切名都适用于上帝"。于是"神秘宗从未厌倦过以各种名来赞美上帝，说他最高，也最低，最大，也最小，既是白昼，也是黑夜，既是万有，也是虚无。他们用词语围绕着他狂舞，每个词都否定前面的

---

① Apter, *Against World Literature*, p. 14.

一个词"①。钱锺书《管锥编》论《老子》五十六章"知者不言,言者不知",就引用了弗斯勒这段生动的描述,并与道家老、庄和佛教禅宗所言互相印证,说明"神秘宗别有一解嘲之法,则借口于以言去言、随立随破是也"。钱锺书所引中国典籍中的话,与弗斯勒描述西方神秘主义者之言非常契合:"《金刚经》:'所言一切法,即非一切法,是名一切法。'《关尹子·三极》:'蝍蛆食蛇,蛇食蛙,蛙食蝍蛆,互相食也。圣人之言亦然:言有无之弊,又言非有非无之弊,又言去非有非无之弊。言之如引锯然,唯善圣者不留一言。'祝世禄《环碧斋小言》:'禅那才下一语,便恐一语为尘,连忙下一语扫之;又恐扫尘复为尘,连忙又下一语扫之。'"② 可见无论东方还是西方,神秘宗都有互相矛盾的两种办法来回应所谓"神圣的不可译性",一种是沉默不语,神秘幽深,另一种则是用更多的词语来言说那不可言说者。在先秦诸子的各类典籍中,否定语言最为彻底的莫过于庄子,《庄子·知北游》说:"明见无值,辩不若默;道不可闻,闻不若塞。"又说:"道不可闻,闻而非也;道不可见,见而非也;道不可言,言而非也。"③ 可是《庄子》一书却用了无穷无尽诗意的想象、各种丰富优美的比喻和生动的寓言来言说那不可言说之道。于是最彻底否定

---

① Karl Vossler, *The Spirit of Language in Civilization*, trans. Oscar Oeser (New York: Harcourt, Brace & Co., 1932), p.33.
② 钱锺书:《管锥编》第 2 版,北京,中华书局,1986,第 2 册,第 457 页。
③ 郭庆藩:《庄子集释》,第 326,330 页。

语言者莫过于庄子，而最具诗意、最能巧妙使用语言者，也莫过于庄子。

我在拙著《道与逻各斯》里说"神秘主义的沉默——无论是宗教上的还是语言学上的——确实引发了强烈的、被压抑的言说欲望"，因此一切神秘主义者都必然陷入一种"反讽模式"，因为就在他们否定语言、否定言说的当中，尽管他们宣称保持神圣的沉默和不可言说者，他们说得却不是更少，反而是更多。① 马丁·布伯也说"甚至最内在的体验也不可能逃脱表述的冲动"，因此神秘宗"必须言说，因为逻各斯在他内心燃烧"。② 这种必须言说的燃烧的欲望，正是在文学当中可以寻求强有力的表现，因为正如艾略特所说，诗乃是"对失语的袭击"（a raid on the inarticulate）③。的确，沉默本身就往往成为诗的灵感，就像里尔克用很优雅的语言在一首诗里所说那样："沉默吧。谁在内心保持沉默，／就可以触摸到语言之根。"（Schweigen. Wer inniger schwieg, / rührt an die Wurzeln der Rede.）④ 我们也可以用大诗人李白《山中问答》这首诗来做一个例证："问余何意栖碧山？笑而不答心自闲。桃花流水窅然去，别有天地非人间。"李白笑而不答，其中包含的意味远比明明

---

① 张隆溪著，冯川译：《道与逻各斯》，南京，江苏教育出版社，2006，第77页。
② Martin Buber, *Ecstatic Confessions*, trans. Esther Cameron (New York: Harper & Row, 1985), pp. 7-9.
③ T. S. Eliot, "East Coker," v. 8, *The Complete Poems and Plays, 1909-1950* (New York: Harcourt Brace Jovanovich, 1980), p. 128.
④ Rainer Maria Rilke, "Für Frau Fanette Clavel," Ernst Zinn (ed.), *Sämtliche Werke*, 12 vols. (Frankfurt am Main: Rilke Archive, 1976), vol. 2, p. 58.

白白的回答要多。东西方文学中像这样的作品很多,用间接暗示而含蓄的语言,意在言外,话说得少,反而比明说的陈述表达得更多。因此,可以说颇具反讽意味的是,隐喻的表达和生动的诗的意象,也就是说世界文学要研究的内容,恰好最能够有效地回应所谓"神圣的不可译性"。看见哲学家或神秘宗谈论"不可言说者"就死心眼地信以为真,死在言下,甚至以此为"不可译性"做理论基础,实在是太过浅薄。我多年来从事东西方比较研究,见过太多这种没有深度思考却夸大中西语言文化差异的说法,所以对这类说法,我得出一个结论,那就是学问与勇气往往成反比,对东西方文化了解得越少,勇气反而越大,可以一句话概括了东方,再一句话又概括了西方。凡片面强调不同语言文化有根本差异、不可相互理解、不可通译的人,大多数都读书太少,思考得太浅,又急欲以极端的说法耸人听闻,出名成家,但其理论稍加分析,就漏洞百出,经不起理性思考的叩问,更得不到实践经验的验证。仔细审视之下,这类把东西方思想与文化决然对立起来的概括,往往都站不住脚。我这样说也许显得不大厚道,但却也是经由许多观察,有许多例证才得出的结论。

除了"不可译性"之外,翻译研究当中颇有影响的一些观念也为文学翻译实践造成困难。例如劳伦斯·梵努蒂用后殖民主义理论为基础,认为翻译的性质一定是"种族中心主义"的,是掌握权力强者的一方去攫取和同化被压抑的弱者一方,表面看来流畅可读的译文,实际上是把外语原文里"不可译的"成分抹掉,把外国的原文"本国化"了。"好的翻译是去除这种神秘化的,"梵努蒂说,"翻译应该在自己的语言里,显示出外文原文里的外国性(foreignness)。"① 翻译研究当中于是出现一对术语,"外国化"(foreignization)和"本国化"(domestication)。所谓"外国化"是指翻译尽量显示原文的"外国性",不能读起来像是本国作家写的文字,所以也就反对可读性;而"本国化"则指读起来好像是本国作家的文字,完全"抹杀"或"遮蔽"了原文里的"外国性"。顺带说一句,在许多中文的研究论著里,把这两个术语译成"异化"和"归化"并不准确,因为这两个词的意思是强调译文语言应该近于外文原文,还是读来应该像用本族语写作的那样流畅通达。苏珊·巴斯内特说得对,对梵努蒂而言,翻译的"外国化"是"可以挑战英语霸权的一种战略性的介入",而"本国化",即流畅可读、似乎透明的译文,则是"一种言语策略,具有种族中心式的暴力和欺骗性,因为这种译文通过透明的幻觉而隐蔽了暴力"。② 在翻译研究中,"外国化"于是在理论上好像比"本国化"处于更高的地位,流畅可读的译文反而受到质疑,而读来不顺畅而拗口的译文,反倒是更好的翻译。但在翻译实践中,这几乎是自我否定,因为这个观念要求译文变成自己的反面,即读不懂的外文原

---

① Lawrence Venuti, *The Scandals of Translation: Towards an Ethics of Difference* (London: Routledge, 1998), p. 11.
② Susan Bassnett, *Translation* (London: Routledge, 2014), p. 48.

文,可是翻译之所以有必要,岂不正是要把读不懂的外文,变成可读、可解的译文吗?如果译者的任务是保留原文里的"外国性",那么是否还需要满足读者希望把外文变成可读、可理解的本国文字那种需求呢?说起"外国性"这个概念,我们不妨稍微想一想,把非西方的作品译成英文时,在谁的眼里那非西方的文字是"外国"的,而且必然具有内在的"外国性"呢?显而易见,那是从西方人的观点看来,非西方作品的文字才是"外国"的,而在那部作品本来的文化环境里,在本国的读者看来,就毫无什么"外国性"可言。由此可见,强调所谓"外国性"的"外国化",不过是西方人的看法,并不一定在伦理道德的意义上,必然高于可读性强的"本国化"的译文。不仅如此,"外国化"一旦和关于外国"他者"的一套偏见结合起来,就可能对外文原文施用另一种暴力,即把外国的东西变得特别奇怪,具有根本的差异性,似乎神秘难解,甚至是非我族类。

4. 论中国诗的翻译

具体就中国文学,尤其是古典文学的翻译而言,"外国化"的观念有时与中西语言和"思维方式"决然对立的看法相关。例如叶维廉就说过中国人"用表意符号(ideograms)代表一种思想体系(这与用抽象的字母所代表的完全不同)",而人们在使用这种表意符号的时候,"重要的是每个人具体地用意象和物体来交流",而"基于用字母的语言来思维,就往往趋于构建抽象概念、分析性的话语和三段论式的推展"。[1] 这可以说是典型的"思维模式"论,那是法国社会人类学家列维-布鲁尔(Lucien Lévy-Bruhl,1857—1939)最先提出来的理论,认为非欧洲的、"原始"部落的人的思维模式是"原始的",是用具体的形象来思维,而欧洲人的"现代"思维模式,则是用抽象概念和科学的逻辑推理来思维。叶维廉的说法也显然受了我在前面提到过语言学中所谓"萨皮尔-沃尔夫假定"的影响,即认为一个人说什么语言,就会决定这个人用什么样的思维模式。然而假定说同一种语言所有的人,都有同样的思维,实在与事实不符。说同一种语言的人,往往可以互相争论,意见不一,就说明这种假说站不住脚。正如杰弗雷·劳伊德所说:"首先,这随时都有可能忽略或贬低了个人的变异。集体不会思考,只有个人才会思考,但任何团体、任何社会都不可能由思维特征完全一致的个人组成。"[2] 他批评列维-布鲁尔"把原始和文明做非常笼统的对比",但他却"从来没有承认所谓原始思维乃是一个幻象,是从远距离去看而得到的,只要对某个社会做稍微深入细

---

[1] Wai-lim Yip, *Diffusion of Distances: Dialogues Between Chinese and Western Poetics* (Berkeley: University of California Press, 1993), p. 11.
[2] G. E. R. Lloyd, *Demystifying Mentalities* (Cambridge: Cambridge University Press, 1990), p. 5.

致的考察,这样的观念就根本站不住脚"①。叶维廉认为中国人用表意符号即具体的意象来思维,而西方人则用拼音字母来做逻辑的思维,"往往趋于构建抽象概念、分析性的话语和三段论式的推展",则又是采用了美国诗人庞德(Ezra Pound,1885—1972)对中国文字那套创造性的误解,即认为中国文字是图画式的象形文字,一行中国诗就是一连串的形象,其中没有逻辑或语法的关联。所以叶维廉认为一首中文的诗"是靠图画,而不是靠语义来起作用的"②。他翻译柳宗元《江雪》来做一个例证。这首五言绝句是历来传颂的名作:"千山鸟飞绝,万径人踪灭。孤舟蓑笠翁,独钓寒江雪。"苏轼《东坡题跋》卷二评此诗,认为是"殆天所赋,不可及也已"。高棅《唐诗品汇》引刘辰翁的话,说此诗"得天趣,独由落句五字道尽矣"③。可见此诗得到历代许多评家欣赏,尤其赞赏最后一句那五个字。那句"独钓寒江雪"是倒文,即"雪中于寒江独钓"之意。五言诗在一句当中,第二字后有一顿,余下三字一气贯下,通畅淋漓。叶维廉的英译把原诗理解成一连串图画,所以译文是这样:

A thousand mountains — no bird's flight.

---

① Lloyd, *Demystifying Mentalities*, p. 144.
② Yip, *Diffusion of Distances*, p. 45.
③ 柳宗元著,王国安笺释:《柳宗元诗笺释》,上海,上海古籍出版社,1993,第 268 页。

> A million paths — no man's trace.
> Single boat. Bamboo-leaved cape. An old man.
> Fishing alone. Ice-river. Snow. ①

虽然叶维廉认为此诗用图画来起作用，不用逻辑联系，但在译文中，他却在前两行用破折号表示原文里的停顿，也暗示前后词组的关系，但第三、第四两句却变成一个个孤立的图像，完全割裂了原文一气贯通的诗句。前人盛赞的最后一句那五字，变成几个互不相关、残缺孤立的画面。表现逻辑和语法关系的介词和连接词等，在中文可以略去，在英文里却不能省略，否则英文会变得很奇怪，甚至文气不通，语义不明，让人读不懂，不知所云。我认为翻译柳宗元《江雪》，在尽量保留和体现原诗里的意象之外，还必须使译文像原诗那样意义明确，语气流畅。我自己试译如下：

> In a thousand mountains no birds are flying,
> In ten thousand paths human traces disappear;
> On a lonely boat, an old man with a bamboo hat
> Is angling alone in the snow, on a cold river.

中文简练，尤其律绝一句只有五言或七言，所以诗人

---

① Yip, *Diffusion of Distances*, p. 45.

会尽量用最少的字来表达最多的意思,中国诗也就特别注重含蓄,讲究意在言外,言有尽而意无穷。然而中国古诗虽然含蓄,在文中不必用表达逻辑或语法关系的介词、连接词等,但会读诗的中国读者在阅读经验中,会自动意识到这类关系,在想象中把文字提供的基本框架充实完成,产生一个完整的图像和意义连贯的理解。但这并非是中国文言或中国古诗所独有的特点,因为在讨论西方文学一部重要著作里,埃利希·奥尔巴赫就指出,《圣经》的语言也非常简练、含蓄,《圣经》文本有很大部分都没有明确表达出来,只是"突出某些部分,其余部分则留在暗处,语焉不详,暗示那未说出的,具有'背景'性质,有多义性,也就有解释的需要"[1]。简练的中国古诗有时候确实有很强的形象性,一个个字并列起来译成对应的英语,几乎就可以让人领略其大意。英国汉学家葛瑞汉在讨论中国诗英译的一篇文章里,就以唐人卢纶的绝句为例。卢纶《和张仆射塞下曲》之三:"月黑雁飞高,单于夜遁逃。欲将轻骑逐,大雪满弓刀。"这短短四句也描写了雪景,但却是充满戏剧性紧张气氛的边塞诗。葛瑞汉在翻译此诗时,力求接近原文,其译文如下:

Moon black, geese fly high:
The Khan flees in the night.

---

[1] Erich Auerbach, *Mimesis: The Representation of Reality in Western Literature*, trans. Willard R. Trask (Princeton: Princeton University Press, 1953), p. 23.

As they lead out the light horse in pursuit,

Heavy snow covers bow and sword. ①

葛瑞汉的译文第一句五个词对应原文的五个字，只在"Moon black"即"月黑"之后加了一个逗号，符合原诗两字之后的停顿，然后是"geese fly high"，与"雁飞高"完全对应。第二句也接近原文，"The Khan"即"单于"，只是"夜遁逃"在英文里必须加上介词，说明是"在夜里"（in the night），而且放在句末。第三句改动则稍多，因为原文无须说明谁要去追逐趁月黑之夜逃跑的单于，所以没有主语，而且也不必说明第三、第四两句在时间上的关联。但英语却不能没有主语，所以译文不仅加上主语"they"，而且在句首加上"As"即"正当……时"，把第三句变成时间上的从属句。第四句成为主句，译文又完全与原文一样，字字对应。这算得是很不错的翻译。

葛瑞汉讨论此诗英译时，引了一位香港译者似乎更接近原文的翻译，但那种译文略去一般英语里必须有的表示语法关系的词，读来不像通顺的英语，的确有点"外国化"的异国情调：

Black moon geese fly high,

Tartars flee the dark;

---

① A. C. Graham, *Poems of the Late T'ang* (Harmondsworth: Penguin Books, 1977), p. 25.

Light horses pursue,

Sword and bow snow-marked. ①

仔细看来,这译文其实并没有与原文对应。"Black moon"是"黑月",但把"黑"字变为形容词却是大错,因为原文"月黑"的"黑"字有动感,与"雁飞"的"飞"字相呼应,"月黑"不能改成"黑月",正如"雁飞"不能改为"飞雁"。第二句"单于"指匈奴首领,译文"Tartars"泛指北方部族,稍不同,但还可以接受,但"flee the dark"是"逃离黑夜",而不是"趁黑夜遁逃",与原文意义很不一样。第三句译文只译了"轻骑逐",没有译出表达意愿的"欲将"二字。第四句为了勉强和"dark"押韵,用了"snow-marked"这样一个生造的不伦不类的词,既没有了"大雪"之大,也没有"满弓刀"之"满",也就使结句显得尤其疲弱。经过这样的改动,这篇译文读起来似乎比原文更"外国化",但却让人觉得这位译者于中国古文和诗词之妙不甚了了,其半通不通的英文表达能力更是有限。在评论这译文时,葛瑞汉说得很直截了当,认为这样的翻译的确"比英语里任何东西听起来都更像中国诗",但这种按字面逐字来翻译,也就把译文修剪成"一种文学的洋泾浜英语"②。这篇译文和叶维廉的译文都好像逐字逐句接近原文,但省去英语当中应该有的介词、连接词等等,

---

① Wong Man, *Poems from China* (Hong Kong, no date), p. 29.
② Wong Man, *Poems from China*, p. 24.

使译文完全不像普通的英语，造成的结果远比原文奇怪得多。对于不懂中文而只读英译文的读者，这种"洋泾浜英语"的译文的确是"外国化"翻译的最佳体现，但与此同时，这也完全可能加强他们带一点种族偏见的错误印象，以为中国人说话就是这样，甚至更糟糕，以为中国诗人说话就是这样。所谓"洋泾浜"本来就是清末五口通商之后，在广州、上海等地一些既没有走功名正途而取得一官半职，又没有机会出洋留学了解外语和西方文化的人，为勉强沟通中西商人做买卖的需要，所操的那种半通不通的蹩脚英语。把中国诗译成这种"外国化"半通不通的"洋泾浜英语"，就只能是把中国诗放逐到那稀奇古怪、具异国情调而仅供西方人去赏玩的东方"异托邦"（heterotopia）里，在那里中国人好像都是些语言不通的外国人，说不了一个完整句子，讲起话来好像脑袋有毛病。这种"外国化"的译文，实在是对翻译的侮辱和嘲弄。

戴维·雷姆尼克发表在《纽约客》的一篇文章说得很对："没有翻译家，我们就只能漂在各种语言的浮冰之上，只隐隐约约风闻在大海某处，有些杰作存在。所以大多数讲英语的读者，都是通过费兹杰拉德或费格尔斯过滤之后，才瞥见荷马，通过辛克莱或辛格顿或荷兰德尔瞥见但丁，通过芒克利夫或戴维斯瞥见普鲁斯特，通过格利戈里·雷巴萨瞥见加尔西亚·玛尔奎斯，而几乎每一位俄国作家都是通过康斯坦丝·伽内特。"[1] 这里提到的都是一些著名的翻译家,他们使荷马和但丁到近代和当代许多经典作家的作品,得以在英语世界广泛流传,也就使这些作家的作品,成为世界文学的一部分。同样,在中国翻译家中,早期的严复、林纾,近代学人中的傅雷、朱生豪、梁实秋、钱春绮、叶君健、曹靖华等许多学者,对于中国人能够阅读和了解世界各国文学,都做出了巨大贡献。说翻译不可能的理论家们大概自己不做翻译,只空谈理论,对翻译家们的贡献似乎视而不见、听而不闻,就好像把头埋在沙堆里的鸵鸟一样,为坚持自己的理论而罔顾事实。正如我在开头所说,世界文学与翻译从一开始就有分不开的关联,通过翻译使世界各国文学的经典,尤其是使西方主要文学之外的非西方文学最重要的经典,能够超出原来语言文化范围的局限,在世界上广泛流通,使其成为人类文化的重要部分,这就是世界文学研究者应该去努力完成的工作。文学翻译,尤其是优质的文学翻译,不仅使世界上大多数读者能够接触和了解其他民族文学传统中的经典作品,而且本身就是对世界文学研究做出极大的贡献。让我们向优秀的文学翻译家们,致以最诚挚的敬意。

---

[1] David Remnick, "The Translation Wars," *The New Yorker* (Nov. 7, 2005).

四　镜与鉴
——文学研究的方法论探讨

文学研究固然有一定的理论和方法，但特别强调研究方法，首先是科学和社会科学的特征。自20世纪70年代以来，文学理论的发展一方面深化我们对文学作品的理解，但另一方面无可否认的是，理论越来越脱离文学本身，甚至越来越抽象虚玄，变成一种充满特殊术语、晦涩难懂的语言，并且带着极强的政治和意识形态色彩，最后形成一种气候，使文化研究逐渐取代了文学研究。在文学研究中，理论和方法当然重要，而且各具特色，各有贡献。美国的新批评注重每部文学作品语言和修辞的分析，提倡文学作品的细读，尤其有助于诗的理解。俄国形式主义由文学语言的形式和功用出发来探讨独特的文学性（literariness）、新文学体裁的出现和文学史的变迁。加拿大批评家弗莱（Northrop Frye, 1912—1991）超出个别作品，把文学视为一个系统，提出神话和原型批评，注意文学作品下面具有同类性质的联系，也就为结构主义理论的来临奠定了基础。结构主义有几条发展线索，其中瑞士语言学家索绪尔

(Ferdinand de Saussure, 1857—1913)尤其重要，其理论应用在文学研究中，就把具体作品视为整个语言系统的个别表现，其形式和意义都由语言和文学深层的基本结构所决定。结构主义是注重深层系统结构的宏观理论，与语言学、人类学和心理学等都有很多关联，特别注重维柯、马克思和弗洛伊德等思想家，因为他们的理论都力图在事物的表象之下，揭示关于人类和人类社会的深层结构。后结构主义或解构（deconstruction）则打破一切系统和体系，把文学理解为"能指符号的游戏"（play of signifiers），而无须对应于任何固定意义的所指（signified）。后现代主义把现代尤其启蒙时代以来的基本观念都视为压抑性的意识形态，激进地解构主体性和意义的确定性。女权主义解构以男性为中心的父权社会传统，认为传统的文学经典都是"死去的白种男人"（dead white males）的作品。后殖民主义解构西方殖民主义压抑性的意识形态，注意文学作品所体现的西方霸权。这些理论都具有社会进步的意义，对西方社会发展产生积极作用，使我们重视女性和受到压抑和歧视的少数族裔的文学，打破欧洲中心主义的局限和偏见。但与此同时，当激进的理论走到超出其合理范围的极端，就成为另一种同样具有压抑性的意识形态，即所谓"政治正确"（political correctness）。在这种情形下，极端平均主义使后现代社会成为平面的、没有深度也没有历史感的社会。没有深浅高下之分使文学研究脱离开审美价值和价值判断，也就放弃了批评的职能。传统和经典都成为过去具有压抑性意识形态和霸权的表现，失去了特性和价值，在西方尤其在美国的学术话语中，甚至出现了"去经典化"（decanonization）的说法，于是文学研究逐渐衰落，强调政治和意识形态的文化研究取代了文学研究，出现了所谓比较文学已经"死亡"的说法，产生了人文学科边缘化的危机。

文学理论的目的应该是帮助我们更深入地去理解、鉴赏和研究文学作品，但西方文学理论的发展却越来越脱离文学，变得越来越抽象虚玄，由此出现了所谓"理论的衰落"。进入 21 世纪，在学界有一个重新回归文学的诉求，世界文学的兴起在一定意义上，就是回应这样的诉求。比较文学本来是以不同语言和不同传统的文学为研究对象，脱离开文学，就没有比较文学研究，也没有世界文学研究。文学研究可以而且应该吸收各种各样的理论和方法，但没有一成不变、固定的方法。各派理论都各有用处，但如果用一个固定的理论框架去看问题，机械地按照一种方法按部就班地去做研究，就会有很大局限而弊多于利。文学研究应该是开放的，可以借鉴语言学、人类学、哲学和心理学等各种学科的理论方法，但却必须保有自己的独立性和特点，始终以文学作品为研究的中心。归根结底，人文研究是高度个人性的，两个人做同一个研究题目，绝不会写出两篇同样的文章。这种个人性也就形成每个学者自己的研究路径和方法、自己行文的风格。如果机械搬用西方文学理论和方法，就往往会是千篇一律、毫无创见；如果这样的论文又空谈理论概念，故弄玄虚，那就更会枯燥晦涩，毫无一点文采和流动的灵气。所以从方法论的角度说来，无论比较文学或世界文学，都不能从概念到概念，高谈理论而陷于空疏，而应从文本出发，以具体例证为支撑，提出具有说服力的论述。中西比较研究不仅需要理论的阐述，更需要具体文本的实例来阐明和论证文学与文化的可比性，达到不同传统的沟通与契合。由于中西语言、历史和文化都有很大差异，什么是比较的基础，便成为颇具挑战性的问题。没有丰富的具体文本为例证，理论的比较就往往成为从概念到概念、充满理论术语、抽象而空洞的话语，甚至故弄玄虚，以晦涩冒充深刻，或按着别人的理论模式依样画葫芦，而毫无自己的见解。所以引用具体文本为例证来讨论问题，不仅是在大量文本和前人论述的基础上来推展学术，符合学术研究的规范，而且在文学研究的方法论上，也具有特别重要的意义。

1. 钱锺书著作的启示

如何比较在语言、历史和文化传统方面都很不相同的中西文学，使这种比较具有说服力，能够激发我们的研究兴趣，启发我们进一步去思考？在这方面，钱锺书先生的著作可以说为我们提供了很好的典范。我们看收在钱锺书著《七缀集》里的《诗可以怨》一文，就可以体会这种研究典范的意义。《诗可以怨》指出文学创作中一种非常普遍的现象，同时也是批评理论中一个具有相当普遍意义的观念，即"苦痛比快乐更能产生诗歌，好诗主要是不愉快、烦恼或'穷愁'的表现和发泄"。钱锺书引用了从司马迁《报任安书》和钟嵘《诗品·序》以来中国古代大量的文献材料为例证，对"诗可以怨"做出了极有说服力的论证。司马迁才华横溢，汉武帝元封三年（公元前108年），在他三十多岁时，即继承父志为太史令。天汉二年（公元前99年），汉将李陵孤军深入，被匈奴大军围困而不得不投降。汉武帝震怒，要处罚李陵家属，满朝文武无一敢言，唯独司马迁为之辩护，因此触怒武帝而被监禁，并被处以腐刑。这不仅是身体肌肤的摧残，更是心理上极大的折磨和羞辱。为了完成《史记》这样鸿篇巨制的名山事业，司马迁忍辱偷生。他在《报任安书》里不禁悲愤陈词："盖文王拘而演《周易》；仲尼厄而作《春秋》；屈原放逐，乃赋《离骚》；左丘失明，厥有《国语》；孙子膑脚，《兵法》修列；不韦迁蜀，世传《吕览》；韩非囚秦，《说难》《孤愤》；《诗》三百篇，大抵贤圣发愤之所为作也。"钱锺书总结说，司马迁之文"历数古来的大著作，指出有的是坐了牢写的，有的是贬了官写的，有的是落了难写的，有的是身体残废后写的；一句话，都是遭贫困、疾病以至刑罚磨折的倒霉人的产物"[①]。钟嵘《诗品·序》里也列举了许多事例，说明什么样的主题最能够打动人："嘉会寄诗以亲，离群托诗以

---

① 钱锺书：《诗可以怨》，《七缀集》，第102页。

怨。至于楚臣去境,汉妾辞宫;或骨横朔野,魂逐飞蓬;或负戈外戍,杀气雄边,塞客衣单,孀闺泪尽;或士有解佩出朝,一去忘反,女有扬蛾入宠,再盼倾国。"钱锺书指出"这一节差不多是钟嵘同时人江淹那两篇名文——《别赋》和《恨赋》——的提纲",因为钟嵘在此"所举压倒多数的事例是'怨'"。①

在钱锺书引用的文献中,令人印象尤其深刻的是刘勰《文心雕龙·才略》讲到冯衍说的一句话:"敬通雅好辞说,而坎壈盛世;《显志》《自序》亦蚌病成珠矣。"②《才略》篇列举古来众多作家,不可能各尽其详,所以评冯衍也只是一句话轻轻带过,但"蚌病成珠"四字却大可玩味。此话来自《淮南子·说林训》:"明月之珠,蚌之病而我之利;虎爪象牙,禽兽之利而我之害。"③ 这是说换个角度看,所谓利与害都有相对性。在《淮南子》原文里,珍珠与虎爪象牙并列,并未特出,在《文心雕龙》里,刘勰也是一句话带过,在文学批评中,似乎也没有特别引人注意。然而钱锺书指出刘勰拣出珍珠这个意象,以"蚌病成珠"讲冯衍因为"砍壈盛世"才在文学上有如此创造,就以牡蛎害病产生珍珠比喻作者遭逢不幸而创作好的文学作品,正好说出了"诗可以怨"的道理。这样一来,我们对刘勰这句话便不能不特别注意。不仅刘勰有"蚌病成珠"的妙喻,

---

① 钱锺书:《七缀集》,第104—105页。
② 刘勰著,范文澜注:《文心雕龙注》,下册,第699页。
③ 刘安著,高诱注:《淮南子注》,上海,上海书店,1986,第300页。

北朝的刘昼在《刘子·激通》里也有同样的比喻："梗楠郁蟠以成缛锦之瘤,蚌蛤结疴而衔明月之珠。"苏东坡《答李端叔书》有句："木有瘿,石有晕,犀有通,以取妍于人,皆物之病也。"钱锺书指出东坡"虽不把'蚌蛤衔珠'来比,而'木有瘿'正是'梗楠成瘤'"。接下来,他又从西方文学中征引性质相同的文本例证:

> 西洋人谈起文学创作,取譬巧合得很。格里巴尔泽(Franz Grillparzer)说诗好比害病不作声的贝壳动物所产生的珠子(die Perle, das Erzeugnis des kranken stillen Muscheltieres);福楼拜以为珠子是牡蛎生病所结成(la perle est une maladie de l'huître),作者的文笔(le style)却是更深沉的痛苦的流露(l'écoulement d'une douleur plus profonde)。海涅发问:诗之于人,是否像珠子之于可怜的牡蛎,是使它苦痛的病料(wie die Perle, die Krankheitsstoff, woran das arme Austertier leidet)。豪斯门(A. E. Housman)说诗是一种分泌(a secretion),不管是自然的(natural)分泌,像松杉的树脂(like the turpentine in the fir),还是病态的(morbid)分泌,像牡蛎的珠子(like the pearl in the oyster)。看来这个比喻很通行。大家不约而同地采用它,正因为它非常贴切"诗可以怨""发愤所为作"。①

---

① 钱锺书:《七缀集》,第104页。

钱锺书举出古今中外许多文学作品具体文本的例子，使我们看到，《文心雕龙》里"蚌病成珠"这个具体意象，不仅出现在中国的诗文评里，而且也出现在完全不同的英、法、德文的诗歌传统里，这就不仅使我们对刘勰这句话刮目相看，有更深入的理解，也使得"诗可以怨"这个观念，在中西比较和世界文学的广阔领域里，有了极具说服力的论证。孔子说诗，提出诗有兴、观、群、怨四种功用，而钱锺书特别拣出"诗可以怨"，认为无论从创作还是从批评的实践看来，这都是最具普遍意义的观念。他论述的特点，就是在中西比较中，有大量的文本为支撑，于是理论的阐述就极具说服力而不会抽象、空洞，也因为有丰富文本的例证而显出理论的普遍意义。这就从研究方法上，为我们提供了极具启发性的典范。

2. "镜"与"灯"之喻

以下我就依据上面所说的方法，通过具体文本，从比较的角度讨论镜或鉴这一具体意象在中西文学和文化中的意义。美国文论家亚布拉姆斯（M. H. Abrams）著有《镜与灯》（*The Mirror and the Lamp*）一书，论述西方文学批评到19世纪浪漫主义时代产生了一个重大转折，由强调文艺为模仿自然，转而主张文艺为艺术家心灵之独创。卷首题词引用了爱尔兰著名诗人叶芝（W. B. Yeats）的诗句：

"必须更进一步：灵魂必须变成/自己的背叛者，自己的解救者，那同一/活动，镜变而为灯。"(It must go further still: that soul must become/its own betrayer, its own deliverer, the one/activity, the mirror turns lamp.)① 这里的镜与灯都是心灵的象征，镜的比喻将心的活动理解为反映事物，可以代表从柏拉图至18世纪之模仿观念，而灯的比喻则以心为光之来源，向外发射而映照事物，可以代表19世纪之浪漫派理论。由镜变而为灯，则可比拟西方文论由模仿到表现的转折。

中国也早已有镜与灯之比喻，而且宋人范温《潜溪诗眼》正是用此比喻来谈论文学。他指出这乃是"古人形似之语，如镜取形，灯取影也"②。镜取形即应物象形，摹写自然，灯取影则感物吟志，抒发心声，所以镜与灯正是摹写与表现之比喻。《坛经·行由品》讲六祖惠能故事，尤其强调内心而不注重外物，关键也在镜的比喻。这个有名的故事说大和尚神秀半夜秉烛作偈，题写在墙上，其辞曰："身是菩提树，心如明镜台，时时勤拂拭，莫使惹尘埃。"然而悟性更高的惠能却另作一偈，意谓领悟佛性全在本心，不假外物。偈曰："菩提本无树，明镜亦非台，本来无一物，何处惹尘埃？"③ 这是说佛性空无，不必如明镜之须随

---

① 参见叶芝为《牛津现代诗选》所作绪言，W. B. Yeats, Introduction to *Oxford Book of Modern Verse* (Oxford: Oxford University Press, 1936), p. xxxiii。
② 转引自周振甫：《诗词例话》，北京，中国青年出版社，1962，第253页。
③ 冯国超编：《中国传统文化读本·坛经》，长春，吉林人民出版社，2006，第38、41—42页。

时拂拭。此处虽未用灯之比喻，但佛教说传佛法正是"传灯"。例如《维摩诘经·菩萨品》即用燃灯来比喻教化弟子，以千百灯相燃喻传承佛法："汝等当学，无尽灯者，譬如一灯然百千灯，冥者皆明，明终不尽。"① 这里的比喻正是镜变而为灯，其含义也正是由外物转而注重内心。禅宗对中国文学艺术产生过不小的影响，或者从镜与灯的这一比喻中，我们能看出一点道理来。

然而镜子并非只是被动摹写自然，却有各种功用。玻璃能照人，平滑的金属表面也能照人，而镜之为物从来就使人着迷，并激发人的想象。对于博尔赫斯（Jorge Luis Borges）这位感觉敏锐、想象力极为丰富的作家来说，镜子是含义非常丰厚的象征，使人不仅想到肉眼所见，而且联想到心智所见，即物理意义上和心理意义上的看与理解的问题，联想到人之存在的复杂问题或存在之困惑。博尔赫斯说，人的行动都在"上演上帝预先决定和周密思考过的一部秘密的戏剧"，人的一生直到其细枝末节都"有无法算清楚的象征价值"。镜子可以是人的工具，用来看清世间万物并理解上帝的"秘密戏剧"，但这个工具又并不完美，因为镜子既可照人，又可能扭曲所照的影像。保罗在《新约·哥林多前书》13章12节就说过："我们如今仿佛对着镜子观看，模糊不清。"（Videmus nunc per speculum in aenigmate: tunc autem facie ad faciem.）博尔赫斯认为这句

---

① 冯国超编：《中国传统文化读本·维摩诘经》，长春，吉林人民出版社，2006，第94页。

话是极具权威性的论断，说明人的理解力很有限，起码在人的现世生活中，人的认识和理解能力都相当有限。① 法国作家列昂·布洛瓦（Léon Bloy）受到保罗这句话的刺激，去探讨和思考人世间的各种问题，最后得出结论认为"人并不知道自己是谁"，博尔赫斯认为这个结论最明白地说出了人"深沉的无知"（intimate ignorance）。② 他在晚年写的一首诗里，又用镜子这个意象来象征人之渺小和谦卑：

> 上帝造出黑夜，又辅以梦
> 和镜子，使人认识到
> 他不过是幻影，是虚妄，
> 也就明白上帝发出的警告。

> God has created nighttime, which he arms
> With dreams, and mirrors, to make clear
> To man he is a reflection and a mere
> Vanity. Therefore these alarms. ③

在这里上帝造出镜子，使人意识到人生就如镜中之影，或如黑夜中之梦，都不过是空幻和虚妄。这似乎是从宗教

---

① Jorge Luis Borges, "The Mirror of Enigmas", trans. James E. Irby, in Donald A. Yates and James E. Irby (eds.), *Labyrinths* (New York: Modern Library, 1964), p. 209.
② Borges, *Labyrinths*, p. 212.
③ Borges, "Mirrors," in *Dreamtigers*, trans. Mildred Boyer and Harold Morland (Austin: University of Texas Press, 1964), p. 61.

的观点出发,对人生一种虚无主义的否定。可是博尔赫斯往往描述人如何做出英勇不懈的努力去探索上帝的秘密,哪怕那是最终不可能成功的努力,他也正是通过这种描述来表现人之尊严和价值。在这种描述中,博尔赫斯最喜欢使用的就是镜子和图书馆的比喻。图书馆有分类系统,象征人决心把秩序强加于变化而且多元的世界之上,但世界之复杂与精微又似乎非人所能控制,也非人所能完全了解。镜子和图书馆或书籍的关联,在欧洲有很久远的历史,可以追溯到流行于中世纪的"自然之书"的比喻。恩斯特·罗伯特·库尔述斯(Ernst Robert Curtius)就曾引用很多文本例证来讨论"自然之书",其中第一个例子就是中世纪作家利尔之阿兰(Alan of Lille)说的话:"世间万物对我们/都像是一本书和一幅画/或是一面镜子。"(Omnis mundi creatura/Quasi liber et pictura/Nobis est et speculum.)[1] 这里书(liber)和镜子(speculum)相连,就为博尔赫斯另一篇故事《巴别的图书馆》的复杂结构奠定了基础,这篇故事一开头就说:"宇宙(也有人称之为图书馆)是由数不清的甚至是无限量的八角形陈列馆构成的。"这图书馆结构宏伟,宽敞的大厅里有无数书架,排列得井然有序,上面放满了书籍,贮藏着人类智能的结晶。接下来就出现了我们已经熟悉的意象:"在廊道里有一面镜子,忠实地复制出一切面相。"博尔赫斯说:"人们往往由这面镜子推论说,这

---

[1] Ernst Robert Curtius, *European Literature and the Latin Middle Ages*, trans. Willard R. Trask (Princeton: Princeton University Press, 1953), p.319.

图书馆并不是无限的（如果真是无限，那又何需这样虚幻的复制呢）；然而我却宁愿梦想那打磨得很光滑的镜面再现的是无限，或者让人觉得是无限的。"[1] 知识的无限可能性及复杂性，和图书馆无数陈列出来而且整齐分类的书籍之井然有序，就形成一种张力，甚至是一种对立，在这当中人的智力不断努力把宇宙系统化，但无论怎样努力，人们都只能获得有限度的成功，却永远不可能达到完全理解的目的。值得注意的是，这不是一般的图书馆，甚至不是古代亚力山德里亚那传奇式的图书馆，而是巴别（Babel）的图书馆，而巴别正是《圣经》中野心勃勃的人类想要建造直通天庭的高塔却最终受到上帝诅咒产生混乱而失败的象征。图书馆当然是把人类已经获得的全部知识都整理得有条不紊，如果像图书馆那样的宇宙复杂而令人困惑，就像一个迷宫（"迷宫"也正是博尔赫斯喜欢采用的又一个比喻），那么，"那是人设计的迷宫，也是注定要让人去破解的迷宫"[2]。图书馆里对着无数陈列的书架的那面镜子，把所有书籍中贮藏的内容都摄入镜中，也把镜前的一切都变成反面的镜中之像。在这里，镜子是一个意义十分丰富的象征，一方面代表人类通过追求知识认识世间万物，鉴照一切，另一方面又具有无限可能，代表人类认识既有限又具有无限发展的可能。

---

[1] Borges, "The Library of Babel," *Labyrinths*, p. 51.
[2] Borges, "Tlön, Uqbar, Orbis Tertius," *Labyrinths*, pp. 17-18.

3. "魔镜""殷鉴"与"风月宝鉴"

镜子复制它面对的一切,但所复制的却不是真实的。正由于这个原因,柏拉图反对画家或诗人的模仿。柏拉图说,"如果你拿起一面镜子,到处走动",你可以产生出世上一切事物的图像,但那只是"事物的外表,并非实际,并非真实"。① 在古希腊哲学与诗或哲学与荷马的权威之争当中,作为哲学家的柏拉图当然是站在哲学家的立场上,对诗抱有偏见,于是他否认镜子或再现有象征的功能。但诗人的看法则完全不同,莎士比亚在《哈姆雷特》中就说,文艺应该"向自然举起一面镜子,让美德展现其华美,让丑恶暴露自己的嘴脸,让这已成熟的时代表露其形形色色的世态人情"(to hold, as'twere, the mirror up to nature; to show virtue her own feature, scorn her own image, and the very age and body of the time his form and pressure)②。莎士比亚的镜子绝非机械地复制一切外表面相,而是一面具有魔力的镜子,可以显现事物的真相和本质。莎士比亚悲剧《麦克白》中,麦克白谋杀了国王邓肯,因自己犯下弑君之罪而心中受到煎熬,对未来也充满疑虑,于是去找三位女

---

① Plato, *Republic* X, 596e, trans. Paul Shorey, in Edith Hamilton and Huntington Cairns (eds.), *The Collected Dialogues, including the Letters* (Princeton: Princeton University Press, 1961), p. 821.
② William Shakespeare, *Hamlet*, III. ii, 20 – 24. In G. Blakemore Evans et al (eds.), *The Riverside Shakespeare* (Boston: Houghton Mifflin, 1974), pp. 1161 – 1162.

巫启示未来。女巫们作法，让他预见到未来八位苏格兰国王的幻象。麦克白见状不免惊恐地说："那第八位出现了，带着一面镜子，/给我展示了许多。"（And the eighth appears, who bears a glass,/Which shows me many more.）①在这出悲剧中，这是剧情转折（peripeteia）重要的一刻，也是悲剧主角认识到真相（anagnorisis）的一刻，在这关键的一刻，魔镜显示出苏格兰王室的未来世系，使麦克白认识到在这世系当中，他自己的血脉完全无份。在这之后，余下的剧情都无非表现麦克白如何竭尽全力抗拒魔镜已经为他预示的定命，但无论他怎样努力挣扎，都只是把自己拖入绝境，推向那不可避免的悲惨结局。那面魔镜在麦克白悲剧中起了预示的作用，而悲剧就在于麦克白不愿接受这预示的真实。

在文学作品中，用镜或鉴都往往具有象征意义，而这样的用法早已出现在最古老的文学作品中。《诗·邶风·柏舟》"我心匪鉴，不可以茹"，就把烦乱的心和镜子相比。②照镜可以看清人的面目，于是可以引申出辨认、考察等意义。白居易《百炼镜》诗云"太宗常以人为镜，鉴古鉴今不鉴容"，就是用鉴的引申义。③《诗·大雅·荡》更直接把镜子比成可以借鉴的历史："殷鉴不远，在夏后之世。"郑

---

① Shakespere, *Macbeth*, IV. i, 119-20, *The Riverside Shakespeare*, p. 1330.
② 《毛诗注疏》，阮元《十三经注疏》，北京，中华书局，1980，上册，第296页。
③ 白居易：《百炼镜》，《白居易集》，北京，中华书局，1979，第1册，第74页。

玄笺:"此言殷之明镜不远也,近在夏后之世,谓汤诛桀也。后武王诛纣。今之王者,何以不用为戒。"① 殷人灭夏,建立了商,而数十代之后,殷纣王无道,武王伐纣,又灭商而建立了周。此诗以"殷鉴"警示周人,应当以殷灭夏、周灭商为鉴,也就是说,历史好比一面镜子,可以审人度己,从中吸取教训。白居易《隋堤柳》以隋炀帝耗竭民力修建运河导致隋之衰亡为例说:"后王何以鉴前王?请看隋堤亡国树!"② 后来在中国传统中,鉴这种象征意义就变得十分常见。司马光编纂鸿篇巨制的史书,题为《资治通鉴》,意即历史可为吏治提供一面镜子。如果说在博尔赫斯描述巴别的图书馆里,有一面镜子对着无数的书籍,在这里则是一部史书变成了镜子,其中包含了许多可贵的历史先例和教训。《资治通鉴》的书名和内容,恰好与数百年后英国16世纪初版、后来又不断补充再版的一部同类性质的书,颇为契合。此书题为 *Mirrour for Magistrates*,正可译为《治者之鉴》,书中收集了许多过往君主衰落败亡的悲剧性故事,多为韵文。此书又有许多中世纪欧洲书籍为先导,如13世纪波维之汶森特(Vincent of Beauvais)所著《自然、历史、教义之镜》(*Speculum Naturale, Historiale, Doctrinale*),库尔述斯曾说这是"中世纪最为卷帙浩繁的百科全书"③。镜子于是成为知识的象征,尤其象征可以揭示

---

① 《毛诗注疏》,阮元《十三经注疏》,上册,第554页。
② 白居易:《隋堤柳》,《白居易集》,第1册,第87页。
③ Curtius, *European Literature and the Latin Middle Ages*, p. 336, n. 56.

隐匿秘密的、非一般人所能有的知识，就像《麦克白》剧中那一面魔镜，可以产生神秘的幻象，具有预示未来的魔力。

这样的魔镜价值连城，自然成为君王收集的宝物。东晋王嘉《拾遗记》记载苌弘给周灵王"献异方珍宝"，其中"有如镜之石，如石之镜。此石色白如月，照面如雪，谓之月镜"。① 可见古时人们把镜子视为珍奇。不过这段记载太简略，除了说"月镜"色白可以照人，并未讲明此镜有何功用。西方的魔镜似乎多与巫术魔法相关，而中国传说里的魔镜，往往能使妖魔现形，即所谓照妖镜。另一位东晋人葛洪在《西京杂记》中记载，汉宣帝曾"系身毒国宝镜一枚，大如八铢钱。旧传此镜见妖魅，得佩之者为天神所福，故宣帝从危获济"。但这面宝镜后来不知去向，更增加了此镜的神秘性："帝崩，不知所在。"② 李商隐《李肱所遗画松诗书两纸得四十一韵》"我闻照妖镜，及与神剑锋。寓身会有地，不为凡物蒙"，就反其意而用之，说真正的宝物是不会永远埋没无闻的。③ 汉宣帝所佩之镜能"见妖魅"，来自"身毒国"即今印度，显然和佛教传入中国有关。《西游记》第六回写猴王大闹天宫后，天兵天将去捉拿，猴王善变，靠托塔天王李靖用"照妖镜"观望，才最终擒住孙

---

① 王嘉：《拾遗记》，北京，中华书局，1981，第74页。
② 葛洪：《西京杂记》，北京，中华书局，1985，第4页。
③ 李商隐著，叶葱奇疏注：《李商隐诗集疏注》，北京，人民文学出版社，1985，下册，第632页。

大圣,把他变成保护唐三藏去西天取经的孙行者。[①] 这样具有魔力的镜子绝非如柏拉图所贬低的那样,只被动地让人照见自己虚幻的影子,却几乎成为灯那样的光源,能映照一切,并能显示事物的本质和真相。

英国诗人乔叟《坎特伯雷故事集》里描述一位风度翩翩的骑士,来朝拜鞑靼君主 Cambyuskan(很可能就是因为马可·波罗《游记》而驰名欧洲的元世祖忽必烈),而且要把一面镜子作为礼物,献给大汗的女儿。这面镜子具有非凡魔力,可以预先警告主人即将降临的灾难,分辨敌友。如果镜子的主人是女性,此镜则可以监视她的情人是否到处拈花惹草,对她有不忠之举,于是任何事情都逃不出她的眼睛:

> 我手中这面镜子有如此魔力,
> 人们可以在这镜中看见
> 何时会有即将降临的灾难,
> 威胁你的王位或你的身体,
> 并告诉你谁是友,谁是敌。
> 除此之外,如有美丽的女士
> 心仪某个男人,如果他
> 有不忠之举,她可立即洞察,
> 知道他的相好,他的巧语花言,

[①] 吴承恩:《西游记》,北京,人民文学出版社,1980,第74页。

没有任何事情逃得过她的双眼。

This mirour eek, that I have in myn hond,

Hath swich a myght that men may in it see

Whan ther shal fallen any adversitee

Unto youre regne or to youreself also,

And openly who is youre freend or foo.

And over al this, if any lady bright

Hath set hire herte on any maner wight,

If he be fals, she shal his tresoun see,

His newe love, and al his subtiltee,

So openly that ther shal no thyng hyde. ①

据传美第奇的凯瑟琳（Catherine de Medici）就有一柄预见未来的魔镜，巴尔扎克小说中曾加以描绘。文学中这样的魔镜绝不只是反映事物，还有透过外表甚至伪装洞察真相的识力。然而看镜之人是否愿意或者是否能够面对镜子揭示的真相，就成为一个颇有挑战性的问题。西方文学中著名的例子大概就是《白雪公主》，在格林童话这个故事里，妖冶的女王有一面魔镜，她每天都会对着这镜子问道："墙上的镜子，小镜子，/这世上谁是最美丽？"（Spieglein, Spieglein an der Wand,/Wer ist die Schönste im ganzen Land?）

---

① Geoffrey Chaucer, *The Squire's Tale*, in F. N. Robinson (ed.), *The Works of Geoffrey Chaucer*, 2nd ed. (Boston: Houghton Mifflin, 1957), p. 129.

这面镜子回答她真话："女王陛下,您在这儿的确是最美,/但白雪公主要美过您一千倍。"(Frau Königin, Ihr seid die Schönste hier, /Aber Schneewittchen ist tausendmal schöner als Ihr.)① 这真话在邪恶而心怀嫉妒的女王那里听来不仅刺耳,而且令人痛心。她三度想毒死白雪公主,都没有得逞,最后自己落得个惨死的下场。镜子无论显出真相还是说出实情,都真实可靠,但如果不能接受真理的人无视镜子所示,就只能使自己处于岌岌可危的险境。

麦克白和《白雪公主》中那个邪恶的女王可以作为西方文学里描写魔镜的著名例子,在中国文学中,《红楼梦》里也有一个可以相比的故事。《红楼梦》第十一回写贾瑞毫无自知之明,对王熙凤起了淫念,引来凤姐厌恨,被平儿讥讽为"癞蛤蟆想天鹅肉吃"。② 他害单相思病倒,无药可治。后有一跛足道人带来一面镜子,"两面皆可照人,镜把上面錾着'风月宝鉴'四字"。道人说明这面镜子的来历:"这物出自太虚幻境空灵殿上,警幻仙子所制,专治邪思妄动之症,有济世保生之功。"又一再告诫贾瑞:"千万不可照正面,只照他的背面,要紧,要紧!"③ 这句话里的"太虚""空灵""警幻"等字,无不具有讽寓象征的意义,说明这面宝镜有揭示真理、破除幻象与妄念之功用。不过这

---

① Brüder Grimm, *Die schönsten Kinder- und Hausmärchen*-Kapitel 150. Available online at Project Gutenberg, http://gutenberg.spiegel.de/buch/-6248/150, Retrieved on May 3, 2018.
② 曹雪芹:《红楼梦》,北京,人民文学出版社,1982,第十一回,第 165 页。
③ 曹雪芹:《红楼梦》,第十二回,第 171 页。

宝镜的功用，还须看镜之人去实现完成。贾瑞看镜子反面，只见里面立着一个骷髅，吓得半死，再看镜子正面，却见凤姐在里面向他招手。他喜不自禁，觉得自己进到镜里，与凤姐翻云弄雨，终于咽了最后一口气。这一正一反，一面是吓人的骷髅，另一面是诱人的美女，似乎表现出传统意识一个根深蒂固的偏见，即以漂亮女人为红颜祸水，并指出红粉的实质即为骷髅。表面看来，这层意思好像很明显，但《红楼梦》并非宣扬伦常纲纪传统道德之书，而关注的是梦与幻、真与假，所以风月宝鉴强调的是真实与虚假、现实与自我欺骗的问题。书中所写贾瑞分明是自生邪念，自作自受。《红楼梦》开篇早已明言，全书虽是满纸荒唐，却有深意存焉，故意"将真事隐去……故曰'甄士隐'云云。……用假语村言，敷演出一段故事来……故曰'贾雨村'云云。此回中凡用'梦'用'幻'等字，是提醒阅者眼目，亦是此书立意本旨"[①]。稍后更有"太虚幻境"那副著名对联："假作真时真亦假，无为有处有还无。"[②] 如此看来，镜中之像正是梦，是幻。王熙凤对贾瑞并无情意，他在镜中见凤姐点头招手，与之云雨交欢，不过是心中淫念幻化的虚象。镜里镜外的世界，亦真亦幻，亦实亦虚，那风月鉴，甚至那位跛足道士，都无非贾瑞"以假为真"的幻想，心猿意马的虚构。他病入膏肓，最后一命呜呼，也主要是他自我欺骗形成的后果。要人认得真实而破除虚

---

① 曹雪芹：《红楼梦》，第一回，第1页。
② 曹雪芹：《红楼梦》，第五回，第75页。

念幻象，正是《红楼梦》本旨，也是"风月宝鉴"深刻的寓意。

4. 从法国象征派到王尔德的镜像

保罗·策兰（Paul Celan）有一首诗，令人想到镜子、梦幻和真实等观念："镜中是周日，/我们在梦中睡去，/嘴里说的是真实。"（Im Spiegel ist Sonntag,/im Traum wird geschlafen,/der Mund redet wahr.）[1] 这几句诗的确切含义很难说明白，但Spiegel（镜子）、Traum（梦）和wahr（真实）这几个词组合在一起，形成某种诗意的含混，似乎和我们上面所谈论的内容相关联。如果我们说这与《红楼梦》那面风月宝鉴的意思有一点联系，也许并非毫无道理。当然，镜子出现在不同的诗里，含义也各个不同。镜子可以是照人的工具，例如波德莱尔在《人与海》（"L'Homme et la Mer"）这首诗里，就把大海比为一面镜子："大海就是你的镜子：在无穷的浪涛之中/你沉思你灵魂的波动。"（La mer est ton miroir: tu contemples ton ame/Dans le déroulement infini de sa lame.）[2] 波德莱尔诗中常以镜子为喻，含义也多

---

[1] Paul Celan, *Corona*, in Patrick Bridgwater(ed.), *Twentieth–Century German Verse*(Baltimore: Penguin, 1963), p. 266.
[2] Charles Baudelaire, "L'Homme et la Mer," *Complete Poems* (Manchester: Carcanet Press, 2006), p. 42.

变化。他称音乐为"我的绝望/之镜"（grand miroir/De mon désespoir）①，诗人变成"不祥之镜/那悍妇拿来端详自己"（le sinister miroir/Où la mégère se regarde）②。在波德莱尔另一首诗里，我们可以看到镜子和真实又连在一起：

促膝对谈，严肃而明朗，
心灵变成了明镜！
真实之泉，清朗而深沉，
颤动着一颗苍白的星星。

Tête-à-tête sombre et limpide
Qu'un coeur devenu son miroir!
Puits de Vérité, clair et noir,
Où tremble une étoile livide. ③

这里镜子的象征意义，很接近我们前面谈论过的魔镜。波德莱尔还有另一首诗，说诗人用整天整天的时间，在美的女神前面仔细观察她"丰美的姿态"（grandes attitudes），因为美神有"纯洁的明镜把一切变得更美：/我的眼睛，永远明亮的大眼睛"（De purs miroirs qui font toutes choses plus

---

① Baudelaire, "La Musique," *Complete Poems*, p. 180.
② Baudelaire, "L'Héautontimorouménos," *Complete Poems*, p. 208.
③ Baudelaire, "L'Irrémédiable," II, *Complete Poems*, p. 212.

belles:/Mes yeux, mes larges yeux aux clartés éternelles)①。这里美神的眼睛是"纯洁的明镜",不只映照事物,而且会"把一切变得更美",而那正是艺术的使命。诗人用那么多时间观察女神的丰姿,正是要把世界也变得更美;镜子由反映事物而产生影像,就使诗人思考如何由诗的语言产生美的意象。正如评论家米萧(Guy Michaud)所说,在法国诗人中,波德莱尔是"第一位语言的魔术师,他有意识地去思考诗的语言,而且是在我们周围世界的语言中去思考"。因此,"镜子成为打开《恶之花》的钥匙"②也就毫不足怪了。法国象征派诗人注重人与世界之关联,把人视为小宇宙,与自然世界的大宇宙相联系;镜子作为象征可以产生世界的影像,甚至改进世界的影像,并具有预示未来的魔力,所以也就成为象征派诗人特别喜爱的意象。就像波德莱尔在他著名的《感应》("Correspondances")一诗里所说,大自然是一片"象征的森林"(forêts de symboles),人在这片森林中行走,通过辨识事物之间的联系,来理解自然和世界的意义。③米萧不仅引用波德莱尔的作品,而且引用与他同时代及后来许多诗人和批评家的文本作为例证,如雷尼耶(Henri de Régnier)、凡尔哈伦(Emile Verhaeren)、罗登巴赫(Georges Rodenbach),当然还有马拉美

---

① Baudelaire, "La Beauté," *Complete Poems*, p. 48.
② Guy Michaud, "Le thème du miroir dans le symbolisme français," *Cahiers de l'Association internationale des études francaises* (no. 11, 1959), pp. 199 – 200.
③ Baudelaire, "Correspondances," *Complete Poems*, p. 18.

(Stéphane Mallarmé),有力地论证了镜子这个意象,乃处在"象征派诗学理论的核心"(Le miroir, centre de la doctrine symboliste)①。

法国象征派的确可能特别注重镜子这一意象及其丰富的内涵,但从比较的角度看来,我们可以清楚看到镜或鉴具有跨语言和文化界限的普遍性。让我们再看一个把镜子作为具关键意义象征的文本,用镜子的意象来探讨外在表象与内在真实、人的相貌与内在道德核心之间对立而辩证的关系。奥斯卡·王尔德(Oscar Wilde)只写过一部小说,即《道连·格雷的画像》(*Picture of Dorian Gray*,1890,1891),这部小说在文学的承传上,可以说颇受斯蒂文森(Robert Louis Stevenson)红极一时的小说《杰克尔博士与海德先生》(*The Strange Case of Dr Jekyll and Mr Hyde*,1886)的刺激,不过王尔德的小说不是把善与恶写成性格完全相反的两个人,而是一个年轻人和一幅完美的肖像画中他的镜像。小说开始时,这年轻人和他的肖像都很完美,但随着年轻人走入歧途,犯下越来越可怕的罪恶,他的脸看起来仍然那么纯洁俊美,他的肖像画却逐渐变得衰老,越来越显出狰狞的面目。一开始,那还只是使道连略加注意。"颤动的强烈的阳光照出嘴边一圈残忍的线条,清楚得就像他做了什么邪恶的事情之后,在镜子里看见的那样。"②

---

① Michaud, "Le thème du miroir dans le symbolisme français," p. 209.
② Oscar Wilde, *The Picture of Dorian Gray* (Oxford: Oxford University Press, 1998), p. 93.

在这里,肖像画被说成像是一面镜子,到后来,道连又"拿着镜子站在巴塞尔·霍华德为他画的肖像前面,看看画布上那邪恶而愈加衰老的脸,又看看从光滑的镜面上回过来向他微笑的那张年轻漂亮的脸"。在那时,道连还没有对自己所做的坏事感到畏惧,反而"把自己白净的手放在画上那双粗糙而肿胀的手旁边,发出微笑。他还嘲笑那已经脱形的身体和衰弱无力的双臂"[1]。道连后来做的坏事越来越多,也越来越严重,终于犯了杀人罪,心里受到负罪感的折磨。他在肖像画中看到那个真实的自我变成了镜子,但他的情感交集矛盾,仍然想否认自己的罪过,拒绝承认真理。于是在他看来,那肖像是"一面不公平的镜子,他在看那面现出自己灵魂的镜子"[2]。这时候读者才意识到,那变得越来越凶恶丑陋的肖像画,正是揭示他真实面目的魔镜,"就像是他的良心。是的,就是他的良心。他却要毁掉它"。然而道连最终毁掉的是他自己,那面魔镜却完好如初。在小说戏剧性的结尾,仆人们跑到他房间里,"发现墙上挂着他们主人一幅完美的肖像画,就像他们最后一次见到他那样,年轻俊美,俨然风度翩翩一位美少年。地板上却躺着一个死者,身穿睡袍,手里拿着一把刀。他好像身体萎缩了,满脸皱纹,看起来令人厌恶"[3]。这里又是真与假的交错,丑陋其实是真实的反映,俊美的脸却是虚假的

---

[1] Wilde, *Dorian Gray*, p. 117.
[2] Wilde, *Dorian Gray*, pp. 178-179.
[3] Wilde, *Dorian Gray*, p. 179.

欺骗，这不觉使我们又想起《红楼梦》中的魔镜，认识到对魔镜揭示的真理视而不见者，到头来都以惨剧告终。

本文首先介绍了钱锺书以文本实例来做具体论证的研究典范，然后从阿根廷作家博尔赫斯开始，追溯到柏拉图、中国古人和《圣经》采用镜子这一意象，随后谈到中世纪关于镜子（speculum）和"自然之书"的象征，再论及莎士比亚和近代的许多实例，讨论《红楼梦》里的"风月宝鉴"、法国象征派诗人波德莱尔和英国作家王尔德的小说作品。像这样在跨文化的广阔范围里讨论镜子作为具有象征价值的比喻和意象，超出中国文学和法国文学传统而及于其他文学，再返回到历史中的古代和中世纪文学，就可以使我们认识到，许多重要的概念性比喻和意象，远比我们在单一文学传统里能够认识到的要普遍得多。也许我们可以借用波德莱尔的话来说，那"象征的森林"远比很多作家和诗人认识到的还广阔得多。镜或鉴可以代表人的头脑和心灵，一方面像镜子反映事物那样认识世界，另一方面又像魔镜那样具有洞察世间的能力。镜子映照事物，又非实在的事物本身，这当中就存在虚与实、外表与本质的关系这类带哲理的问题，但柏拉图以此否定文艺为虚构，则对镜子的功用理解得过于直接简单。我们从文学的大量例子可以看出，镜子不仅仅被动地反映事物，而且在作家和诗人的想象中，具有透过表象揭示事物内在本质的魔力，甚至有预示未来、宣告真理的魔力。正是通过文学的想象和艺术的表现，镜与鉴才可能使人深入思考真假、虚实、过往与未来的问题,而且意识到在不同的语言文学和文化传统中,在世界文学广阔的领域里,对这类问题都有丰富多彩的体现。

比较和跨文化的视野可以让我们看到的,正是超越语言、文化和文学表现手法之差异,人的想象那种令人惊讶的契合。在认识到契合的同时,在我们深刻的理解和鉴赏之中,又总是保留着世界上每一种语言和文学的独特性质。每一部文学创作都是独特的,但在无穷无尽的文学创作之上,能够探查而且欣赏人类心智和人之想象力那种内在的联系,又岂非享受一场想象的盛宴,得到智性的满足?通过具体文本的例证认识到东海西海、心理攸同,也岂非一种心智的快乐?

五 药与毒
——文学的主题研究

互相之间没有实际联系而且文化背景十分不同的文学作品,在注重影响的传统比较文学中,很难做深入的比较研究。就中西文学而言,情形尤其如此。在中国比较文学研究中,自明末清初,尤其自 20 世纪新文化运动以来,中西文化和文学有越来越多也越来越深入的接触和联系,在文学史和文化史的领域,尚有很多方面可以去做深入实际的研究。东亚地区在古代就有很多联系,中、日、韩和其他邻近国家之间的文化交往,明清以来中国或东方与西方文化的接触和互动,都还有很多值得探讨的问题、很多扩展的空间。但超出作家作品实际联系之上的主题研究(thematic study),更为中西比较提供了十分广阔的领域。主题研究不是基于作家和作品实际的联系,于是比较的基础尤为重要,没有坚实可比性的基础和有说服力的证据,就容易落入肤浅牵强的比附。这就是何以在前面一章,我特别强调中西比较不能空谈理论,从概念到概念,而具体文本的证据在研究方法上说来,也就具有特别重要的意义。

中西比较文学或世界文学研究要能够立住脚，就必须既超出实际联系，又有在思想和内容方面实在的可比性，这种可比性就是中西比较的基础。前一章用镜或鉴做意象的比较，可以说是一个具体例子，我现在再用另一个意象，即药和毒，来提供另一个例子，证明在中西比较更广阔的范围内，这样的比较可以丰富我们对某一具体意象的认识和理解，对中西文学重要的经典，也可以在这更大的范围内，产生具有新意的解读。

1. 从《梦溪笔谈》说起

有时候跨文化阅读的乐趣在于一种新发现：本来毫不相干的不同文本，转瞬之间在思想和表达方面却不期而遇，发生意外的契合。文本越是不同，那种契合给人带来的满足感也就越大。这就好像我们让不同文本和不同思想互相碰撞，然后看这种互动究竟会产生出什么样的结果。东西方的文本当然很不相同，分别受各自传统中哲学、社会和政治环境等多方面的影响，可是无论两者有多大差异，一切文本都像弥尔顿笔下的大天使拉斐尔论及天下万物时所说那样，"只是程度不同，在类别上却是一样"（different but in degree, of kind the same）[1]。文本细节各不相同，那是

---

[1] John Milton, *Paradise Lost*, v. 490, in Merritt Y. Hughes (ed.), *Complete Poems and Major Prose* (Indianapolis: Bobbs-Merril, 1957), p. 313.

程度的问题,而文学主题可以相通,则是类别的问题。

我在此章中要探讨的主题,是文字表现人的身体以及身体的医治,是在比喻和讽寓意义上理解的良药和毒药,尤其是这两者之间辩证的关系。不过在进入文学文本的讨论之前,让我先从一部说来不属于文学类的奇书说起。这是一部汇集观察、回忆、评论等各方面内容的笔记,作者一条条娓娓道来,像是退处蛰居的独白,那就是北宋博学多识的沈括所著《梦溪笔谈》。研究中国古代科技史的著名学者李约瑟曾称赞沈括,说他是"中国历代产生的对各方面知识兴趣最广的科学头脑之一"[1]。《梦溪笔谈》共有六百余条笔记,所记者凡传闻轶事、世风民情、象数乐律、医药技艺、神奇异事,无所不包。沈括在自序里说,他退处林下,深居简出,没有人来往,"所与谈者,唯笔砚而已,谓之笔谈"[2]。

此书卷二十四"杂志一"有一条十分有趣的记载,说作者一位表兄曾和几个朋友一起炼朱砂为丹,"经岁余,因沐砂再入鼎,误遗下一块,其徒丸服之,遂发懵冒,一夕而毙"。对这一不幸事件,沈括评论说:"朱砂至良药,初生婴子可服,因火力所变,遂能杀人。"他接下去思索这药物可变之性,意识到朱砂既有为人治病之效,又有杀人致命之力,于是总结说:"以变化相对言之,既能变而为大

---

[1] Joseph Needham, *Science and Civilization in China*, vol. 2 (Cambridge: Cambridge University Press, 1956), p. 267.
[2] 沈括撰,胡道静校注:《新校正梦溪笔谈》,香港,中华书局,1975,第19页。

毒,岂不能变而为大善?既能变而杀人,则宜有能生人之理。"① 沈括短短几句话的评论,说出了治病的药物和杀人的毒物,乃同一事物之两面,其性质完全视环境条件之改变而决定。这条笔记告诉我们,生与死、药与毒,不过是同一事物相反并存之两面,二者之间距离薄如隔纸,只需小小一步,就可以从一边跨到另一边。

《梦溪笔谈》另有一则故事,其要义也在说明同一物可以有相反功用互为表里,既可为药,亦可为毒,既能治病,亦能致命。不过这一回却是一个喜剧性的故事,有个皆大欢喜的结局。沈括说:"漳州界有一水,号乌脚溪,涉者足皆如墨。数十里间,水皆不可饮,饮皆病瘴,行人皆载水自随。"有一位文士在当地做官,必须过那条可怕的河,而他素来体弱多病,很担心瘴疠为害。接下去一段写得十分生动有趣,说这位当官的人到乌脚溪时,"使数人肩荷之,以物蒙身,恐为毒水所沾。兢惕过甚,睢盱夔铄,忽坠水中,至于没顶,乃出之,举体黑如昆仑,自谓必死,然自此宿病尽除,顿觉康健,无复昔之羸瘵。又不知何也"②。这里发生的事又是完全出人意料,阴阳反转。如果说在前面那个故事里,至良的朱砂变为致命的毒药,在这个故事里,对健康者有毒的溪水,对一个通身有病的人,反倒有神奇的疗效。在这两则故事里,正相反对的药与毒、善与

---

① 沈括撰,胡道静校注:《新校正梦溪笔谈》,第238页。
② 沈括撰,胡道静校注:《新校正梦溪笔谈》,第244页。

恶，都并存在同一物里。

乌脚溪故事之所以有趣，并不止于良药与毒药的转化，而且特别从跨文化研究的角度来看，这故事还有某种寓意或讽寓（allegory）的含义。在一部研究讽寓的专著里，安古斯·弗莱切尔说："感染是基督教讽寓主要的象征，因为那种讽寓往往涉及罪与救赎。"① 沈括所讲乌脚溪故事并没有宗教寓意，因为故事中那人是身体有病，而不是精神或道德上虚弱，但这个故事又确实和基督教讽寓一样，有污染、感染和最终得救这类象征性意象。那人坠入毒水之中，反而"宿病尽除"，全身得到净化。由此可见，乌脚溪故事虽然用意和基督教讽寓完全不同，却又有点类似基督教讽寓中的炼狱，因为二者都是描述通过折磨和痛苦而最终得到净化。西方又有所谓同类疗法（homoeopathy），即以毒攻毒，用引起疾病的有毒物品来治疗同种疾病，中国传统医药也有类似的观念，可见在观察到药与毒之辩证性质上，东西方的认识都颇有相通之处。

弗莱切尔引用另一位学者的话，说"拉丁文的'感染'（infectio）这个词原义是染上颜色或弄脏"，而"这个词词根inficere的意义，则是放进或浸入某种液汁里，尤其是某种毒药里，也就是沾污，使某物变脏、有污点或腐败"。② 这些话听起来岂不正像是在描绘乌脚溪对正常人所起的作

---

① Angus Fletcher, *Allegory: The Theory of a Symbolic Mode* (Ithaca: Cornell University Press, 1964), p. 199.
② Fletcher, *Allegory*, p. 200, no. 23.

用，即染上颜色、弄脏、沾污、感染吗？沈括说，人们一到乌脚溪，"涉者足皆如墨"，而且"数十里间，水皆不可饮，饮皆病瘴"，就是说这里的毒水会使人染上疾病。不过这个故事在结尾却突然一转，有毒的溪水对一个通身有病的人，想不到却有神奇的疗效。沈括记叙这个故事如果说有什么道德或讽寓的含义，却并未在文中明白点出，关于致命与治病之辩证关系，也没有做更多的发挥。然而在中国文化传统中，对这一辩证关系却早已有所认识，沈括写毒药与良药之转换，也并非前无古人的首创。

比沈括早大概两百多年，唐代著名诗人和作家刘禹锡有短文《因论七篇》，其中一篇题为《鉴药》，就是明白交代的一篇寓言。这里的"鉴"字，就是要读者以此为鉴而警惕之意。《鉴药》以自述的口吻，写他得了病，食欲不振，头晕目眩，全身发热，"血气交沴，炀然焚如"。有朋友介绍他看一位医生，这医生给他把脉，察看舌苔颜色，又听他的声音，然后告诉他说，这是由他生活起居失调、饮食不当而引发疾病，他的肠胃已经不能消化食物，内脏器官已经不能产生能量，所以整个身躯就像一个皮囊，装了一袋子病。医生拿出一小块药丸，说服用之后，可以消除他的病痛，但又说："然中有毒，须其疾瘳而止，过当则伤和，是以微其齐也。"就是说这药有毒，只能少量服用，而且病一好就必须立即停药，吃过量会伤害身体。刘子按照医生指点服药，很快病情好转，一个月就痊愈了。

就在这时，有人告诉他说，医生治病总要留一手，以显得自己医术精深,而且故意会留一点病不完全治好,以便向病人多收取钱财。刘子被这一番话误导,没有遵医嘱停药,反而继续服用,但五天之后,果然又病倒了。他这才意识到自己服药过量,中了药里的毒,便立即去看医生。医生责怪了他一番,但也给了他解毒的药,终于使他渡过了险关。刘子由此而深为感慨,不禁叹道:"善哉医乎!用毒以攻疹,用和以安神,易则两踬,明矣。苟循往以御变,昧于节宣,奚独吾侪小人理身之弊而已!"① 他终于明白,用有毒的药治病,用解毒的药安神,两者不可改易,否则就会出问题。他由此还悟出一个更带普遍性的道理,即在变动的环境中如果固守老一套路子,不懂得顺应变化和一张一弛的道理,最后带来的危害就不仅止于一个人身体的病痛了。在《鉴药》这篇文章里,突出的又是毒药和良药辩证之理,同一物既可治病,又可伤人,一切全在如何小心取舍和平衡。

2. 天人感应与治国如治病

刘禹锡此文从药物相反功能的变化引出一个道理,而那道理显然远远超出"吾侪小人理身之弊"的范围。在中国古代政治思想中,"理身"常常可比"治国",刘禹锡要

---

① 刘禹锡:《因论七篇·鉴药》,《刘禹锡集》,北京,中华书局,1990,上册,第77页。

人懂得一张一弛的道理,不要"循往以御变,昧于节宣",就显然是这个意思。刘禹锡文中点到即止的这一比喻,在三百多年之后宋人李纲的著作里,就得到了明确的表现。李纲出生时沈括已经五十多岁。金兵入侵时,李纲主战而受贬谪,后来高宗南渡,召他为相。他整军经武,怀着收复北方失地的抱负,可是南宋小朝廷一意偏安,他又受到主和派的排挤,终于抱恨而去。他有一篇文章题为《论治天下如治病》,其中就把人体、国家、药物等作为比喻来加以发挥,讨论他当时面临的政治问题。李纲首先肯定说:"膏粱以养气体,药石以攻疾病。"然后发挥治天下如治病的比喻,认为"仁恩教化者,膏粱也。干戈斧钺者,药石也",管理善良的臣民需要文治,"则膏粱用焉",铲除强暴、镇压祸乱又需要武力,"则药石施焉。二者各有所宜,时有所用,而不可以偏废者也"。[①]

李纲还有一篇《医国说》,也是把治国和治病相联系。此文一开头就说:"古人有言:'上医医国,其次医疾。'"然后把国家政体比喻成人体,而国家面临的各种问题也就像人体各部器官遇到的疾病。这是一个东西方都有带普遍性质的比喻,李纲说:

> 天下虽大,一人之身是也。内之王室,其腹心也。外之四方,其四肢也。纲纪法度,其荣卫血脉也。善

[①] 李纲:《论治天下如治病》,《梁溪集》卷一〇五,《四库全书》影印本,上海,上海古籍出版社,1987,第1126册,第648a页。

医疾者，不视其人之肥瘠，而视其荣卫血脉之何如。善医国者，不视其国之强弱，而视其纲纪法度之何如。故四肢有疾，汤剂可攻，针石可达，善医者能治之。犹之国也，病在四方，则诸侯之强大，藩镇之跋扈，善医国亦能治之。①

李纲乃一代名相，他之所论是中国传统政治思想中对治国的一种比喻。早在汉代，董仲舒《春秋繁露》就把人的身体器官及喜怒哀乐与宇宙自然、阴阳四季一一相对应，提出天人感应的理论。《为人者天第四十一》说：

人之形体，化天数而成；人之血气，化天志而仁；人之德行，化天理而义。人之好恶，化天之暖清；人之喜怒，化天之寒暑；人之受命，化天之四时。人生有喜怒哀乐之答，春秋冬夏之类也。喜，春之答也；怒，秋之答也；乐，夏之答也；哀，冬之答也。天之副在乎人。人之情性有由天者矣。故曰受，由天之号也。②

《人副天数第五十六》更说得很明确：

天地之符，阴阳之副，常设于身，身犹天也。数

---

① 李纲：《医国说》，《梁溪集》卷一五七，《四库全书》影印本，第683b—684a页。
② 董仲舒著，凌曙注：《春秋繁露》，上海，商务印书馆，1937，第175页。

与之相参,故命与之相连也。天以终岁之数,成人之身。故小节三百六十六,副日数也;大节十二分,副月数也;内有五藏,副五行数也;外有四肢,副四时数也。乍视乍瞑,副昼夜也;乍刚乍柔,副冬夏也;乍哀乍乐,副阴阳也;心有计虑,副度数也;行有伦理,副天地也。①

董仲舒提出这天人感应的观念,李纲以人的身体器官来描述国家政体,把人体和政体与医生治病相关联,就不能不令人联想起西方关于自然之大宇宙和人之小宇宙互相感应(correspondence)的观念和关于政治躯体(body politic)的比喻,而这种观念和比喻从中世纪到文艺复兴,乃至到现代,在西方传统中都随处可见。② 西方关于政体的观念可以一直追溯到柏拉图,他曾"把一个治理得当的国家与人体相比,其各部分器官可以感觉到愉快,也可以感觉到痛苦"③。12世纪著名政治哲学家萨里斯伯利的约翰(John of Salisbury, 1120—1180)比沈括晚生九十余年,比

---

① 董仲舒著,凌曙注:《春秋繁露》,第205—206页。
② 弗莱切尔在论及人体和政体的比喻时说,法国作家加缪(Albert Camus)的现代讽喻小说《鼠疫》(*La Peste*)就是"以老鼠传播的疫疾来比喻侵略者军事占领(即纳粹占领奥兰)的瘟疫以及连带的政治疾病"。参见 Fletcher, *Allegory*, 第71页。关于大宇宙和小宇宙的感应观念,尤其这种观念在16至17世纪英国文学中的表现,蒂利亚德所著《伊丽莎白时代的世界图景》(E. M. W. Tillyard, *Elizabethan World Picture* [New York: Macmillan, 1944])仍然是很有参考价值的一本小书。
③ Plato, *Republic* V. 464b, in Edith Hamilton and Huntington Cairns (eds.), *The Collected Dialogues, Including the Letters* (Princeton: Princeton University Press, 1963), p. 703.

李纲晚四十余年,他曾概述古罗马史家普鲁塔克(Plutarch)的著作,也比喻说君主是"国家的头脑",元老院是心脏,"各行省的法官和总督"则担负起"耳目和喉舌的任务",军官和士兵是手臂,君主的助手们则"可以比为身体的两侧"。他接下去把管理钱财银库的官员比为肚子和肠胃,强调这是最容易腐败感染的器官:

> 司库和簿记官(我说的不是监狱里管囚犯的小吏,而是管理国库的财政官员)好像肚子和内脏。他们如果贪得无厌,又处心积虑聚敛搜刮起来的脂膏,就会生出各种各样无法治愈的疾病来,而且会感染全身,导致整个躯体的毁坏。①

西方关于政体比喻这一经典表述,和李纲治国如治病的比喻相当近似,两者都把社会政治问题比为人身上有待医生治理的疾病。由此可见,在中国和西方思想传统中,都各自独立地形成了类似的比喻,即以人体和人的疾病来比方国家及其政体之腐败。萨里斯伯利的约翰对肚子和肠胃的评论,认为那是容易腐化的器官,说明疾病不只有外因,而且有自我引发的内因。在西方,肚子和身体其他器官争吵是有名的寓言,最早见于古希腊伊索寓言,中世纪

---

① John of Salisbury, *Policraticus: Of the Frivolities of Courtiers and the Footprints of Philosophers*, 5: 2, in Cary J. Nederman and Kate Langdon Forhan (eds.), *Medieval Political Theory: A Reader: The Quest for the Body Politic, 1100 - 1400* (London: Routledge, 1993), pp. 38 - 39.

时由法兰西的玛丽（Marie de France）复述而广为流传，1605年又由威廉·坎顿（William Camden）印在《余谈》（*Remains*）一书里，在莎士比亚《科利奥兰纳斯》（*Coriolanus*）一剧的开头，更有十分精彩的变化和应用。"有一次，人身上各种器官对肚子群起而攻之"，控诉肚子"终日懒惰，无所事事"，却无功受禄，吞没所有的食物。于是众器官都指责肚子贪得无厌，聚敛脂膏。肚子不仅以各有所司、各尽所能的观念作答，而且特别强调社会等级各有次序，而且说这对于秩序和统一至为重要，"我是全身的/储藏室和店铺"（I am the store-house and the shop/Of the whole body）。莎士比亚笔下的肚子不无自傲地宣布说：

> 我把一切都通过你们血脉的河流
> 送到心脏的官廷，头脑的宝座，
> 最强健的神经和最细微的血管
> 都由人身上大大小小的官室管道，
> 从我那里取得气血精神，
> 才得以存活。

> I send it through the rivers of your blood,
> Even to the court, the heart, to th' seat o' th' brain,
> And, through the cranks and offices of man,
> The strongest nerves and small inferior veins
> From me receive that natural competency

Whereby they live.[1]

在这个寓言原来的版本里,手脚等器官不愿喂养肚子,拒绝工作,但整个身体也很快就垮掉了。于是政治躯体显出是不同器官的统一体,每个器官都各有其用处和职责,各守其位,形成井然有序、有一定尊卑等级的整体。一旦这等级秩序被打乱,遭到破坏,整个有机体就会虚弱而染病。莎士比亚《特罗伊洛斯与克瑞茜塔》(*Troilus and Cressida*)中尤里昔斯(Ulysses)关于"等级"那段著名的话,就相当巧妙地利用这一观念,也利用疾病和药物十分鲜明的意象。尤里昔斯采用医疗的比喻,把太阳描绘成众星球之王,"其有神奇疗效的眼睛/可以矫正灾星的病变"(Whose med'cinable eye/Corrects the ill aspects of planets evil),而"一旦动摇了等级"(O when degree is shak'd),"全部伟业就会病入膏肓"(The enterprise is sick)。[2] 要治疗政体的疾病,毒药和良药都各有用处。《两亲相争》(*The Two Noble Kinsmen*)剧中公认为莎士比亚所写的一节,阿塞特(Arcite)向战神祈祷,把战神描绘成一个用暴烈手段来治病的医生。阿塞特呼唤战神说:

啊,矫正时代错乱的大神,

---

[1] Shakespeare, *Coriolanus*, I. i. 133, in *The Riverside Shakespeare*, pp. 13297 – 13298.
[2] Shakespeare, *Troilus and Cressida*, I. iii. 101, *The Riverside Shakespeare*, p. 455.

> 你撼动腐败的大国,决定
> 古老家族的盛衰,用鲜血
> 治愈患病的大地,清除世间
> 过多的人口!

> O great corrector of enormous times,
> Shaker of o'er-rank states, thou grand decider
> Of dusty and old titles, that heal'st with blood
> The earth when it is sick, and cur'st the world
> O' th' plurisy of people![①]

正如前面李纲说过的,"干戈斧钺者,药石也",为治理一个有病的国家,就必须"聚毒药,治针砭"。西方的政体有病,治疗起来也是采用暴烈的方法。阿塞特呼唤战神,就把战争比为放血,而后者是中世纪以来治疗许多疾病的办法。在那种原始的治疗过程中,让人流血恰恰成了为人治病的手段。莎士比亚悲剧《雅典的泰门》(*Timon of Athens*)结尾,阿昔毕亚迪斯(Alcibiades)带领军队向腐败的城市推进时,最后所说那段话也正是这样的意思:

> 我要把橄榄枝和刀剑并用:
> 以战争带来和平,让和平遏制战争,

---

① Shakespeare, *The Two Noble Kinsmen*, V. i. 62, *The Riverside Shakespeare*, p. 1671.

使它们成为彼此治病的医生。

And I will use the olive with my sword:
Make war breed peace, make peace stint war, make each
Prescribe to other as each other's leech.①

这里又是以医疗的语言和意象来取譬,战争与和平像医生开的处方,可以互相治疗彼此的疾病。于是我们在此又看到,致命与治病、毒药与良药、杀戮与治愈等相反又相成,无论治国还是治人,这些都是同一治理过程中使用的两种互相联系而又互相冲突的手段。莎士比亚原文里彼此治病的"医生"是 leech,也就是可以吸血的昆虫"蚂蟥",在西方从中世纪直到 19 世纪,医生都常用这种昆虫来放血治病,所以"蚂蟥"也就成为医生的代称。

3. 药与毒之一身而二任

有趣的是,在中国古代,《周礼·天官》为医生所下的定义早已经包含了这样相反的两个观念,说是"医师掌医之政令,聚毒药以共医事"。郑玄的笺说:"药之物恒多

---

① Shakespeare, *Timon of Athens*, V. iv. 82, *The Riverside Shakespeare*, p. 1474.

毒。"① 在一定意义上，中国古代这个定义已涵盖了现代医学的基本原理，因为正如迈克尔·罗伯茨所说，现代医学把治疗理解为"一种控制性的施毒，其中有疗效的物品都有不可忽视的内在毒性"②。从这一观点出发，我们就很能理解沈括所记轶事中的朱砂何以会变质，刘禹锡所讲故事中过量的药，何以会对人产生毒害。罗伯茨还说，现代治疗学基本上接受了"威廉·惠塞林（William Withering）1789年发表的权威性意见，即'小剂量的毒品是最佳的药物；而有用的药物剂量过大，也会变得有毒'"。罗伯茨又重述："帕拉切尔索斯（Paracelsus）的学说，认为'物皆有毒，天下就没有无毒的物品；只有剂量才使物品没有毒性'。"③ 这和郑玄所谓"药之物恒多毒"，岂非异曲而同工？由此可见，东西方这些极不相同的文本说的都是同一个道理，这也就透露了中西文化传统在理解医药和治疗学的性质上，在认识良药与毒药之相对而又相辅相成的辩证关系上，有令人惊异的相通之处。

西方医药界正式承认的职业标志，也是世界卫生组织（WHO）的标志，是一条棍棒上面绕着一条蛇，这也暗示着毒药和医疗之间密切的关系。那是希腊神话中的医神阿斯勒丕乌斯（Asclepius）所执的手杖（caduceus），上面绕

---

① 《周礼注疏》，阮元《十三经注疏》，上册，第666页。
② Michael Roberts, *Nothing Is Without Poison: Understanding Drugs* (Hong Kong: The Chinese University Press, 2002), p. 8.
③ Roberts, *Nothing Is Without Poison*, p. 13.

着一条大蛇。这和希腊神话中神的信使赫尔墨斯（Hermes）所执的魔杖（kerykeion）颇易混淆，赫尔墨斯的魔杖上面绕着两条蛇。这位神的信使行动神速，往返于冥界和阳界之间，既能让人生，也能让人死。古罗马诗人维吉尔曾在诗中描绘赫尔墨斯手中所持魔杖的这种两重性，说它能够：

> 唤起
> 地狱中苍白的鬼魂，或将其打入深渊，
> 让人睡去或者醒来，开启死者已闭的双眼。

> Summons
> Pale ghosts from Hell, or sends them there, denying
> Or giving sleep, unsealing dead men's eyes. ①

论者对此杖上两条蛇的寓意，曾有各种不同的解释，但这两条凶猛的蛇显然与治愈疾病的力量有关联。赫尔墨斯手执此杖，把死者的亡魂引入冥界，但他也能够让死者复活（"开启死者已闭的双眼"），带他们重返人间，这又指出生与死、致命和治病这样的两重性。作为一种爬行类冷血动物，蛇从来既令人恐惧，又引起人极大兴趣，令人着迷。唐人段成式《酉阳杂俎》多记载一些怪异之事，其中就有一种"蓝蛇，首有大毒，尾能解毒，出梧州陈家洞。

---

① Virgil, *The Aeneid*, IV, trans. Rolfe Humphries (New York: Charles Scribner's Sons, 1951), p. 95.

南人以首合毒药,谓之蓝药,药人立死。取尾为腊,反解毒药"①。从科学的观点看来,这很难说是准确的观察,可是蛇能产生毒药,又能产生解毒药,却的确已为现代科学研究所证实。一位研究蛇蛋白的专家安德烈·米内兹就认为,蛇毒很能成为"有效对抗各种疾病的多种药物之来源"②。有趣的是,米内兹借用中国古代的一个观念来解释他所做医学研究的原理。他说:"阴阳,古代中国这一二元理论完全适用于解释毒药。最初一眼看来,毒品对人有危害。然而毒物及所含成分却可能是一个金矿,从中可以开采出新的药物来。"③《纽约时报》曾报道,澳洲墨尔本大学的生物学家布莱恩·弗莱(Bryan Fry)博士发现,蛇毒在医学上很有价值。他说:"如果你把蛇都杀死,你很可能就杀掉了即将发现的极具效力的良药。"④ 现代医学,尤其药物学的研究,证明古人的观察往往包含了事物辩证之理,虽然从现代科学的观点看来,这类观察并不严密准确,但在今日仍然对我们有启迪的作用。

毒性和药性这一内在的二元性,在希腊文的 pharmakon 这个词里表现得很明确,因为这个词既表示医药,又表示毒药。德里达在解构柏拉图对话的文章里,在批评他所谓"柏拉图的药房"时,就拿这个希腊词的二元性来借题发

---

① 段成式:《酉阳杂俎》,北京,中华书局,1981,第 170 页。
② André Ménez, *The Subtle Beast: Snakes, from Myth to Medicine* (London: Taylor & Francis, 2003), p. 17.
③ Ménez, *The Subtle Beast*, p. 139.
④ Carl Zimmer, "Open Wide: Decoding the Secrets of Venom," *New York Times* (April 5, 2005), p. F1.

挥。德里达论述说："pharmakon 这个词完全陷于表意的链条之中。"① 他又说："这个 pharmakon，这个'药'，既是药又是毒药这一药剂，已经带着它所有模棱两可的含混，进入话语的躯体之中。"② 德里达之所以对这基本而内在的含混感兴趣，是因为这种含混有助于破坏意义的稳定，可以完全超出柏拉图作为作者本人的意图，也超出柏拉图作为作者对文本的控制。所以在 pharmakon 这个词被译成"药物"时，尽管在特定上下文的语境里完全合理，德里达也坚持说，那种翻译完全忽略了"实实在在而且能动地指向希腊文中这个词的别的用法"，也因此破坏了"柏拉图字形变动的书写"。德里达极力强调的是柏拉图文本中语言本身内在的含混性，并坚持认为"pharmakon 这个词哪怕意思是'药物'时，也暗示，而且一再暗示，这同一个词在别的地方和在另一个层面上，又有'毒药'的意思"③。对柏拉图的对话，德里达做了一次典型的、颇为冗长的解构式细读，他力求要打乱柏拉图对正反两面的区别，并且动摇柏拉图对同一个词相反二义的控制。德里达说柏拉图极力防止"药转为医药，毒品转为解毒品"，但是"在可以做出任何决定之前"，pharmakon 这个词早已包含了那根本的含混性。德里达最后总结说："pharmakon 的'本质'就在于没有固定的本质，没有'本来'的特点，因此在任何意义

---

① Jacques Derrida, "Plato's Pharmacy," in *Dissemination*, trans. Barbara Johnson (Chicago: University of Chicago Press, 1981), p. 95.
② Derrida, "Plato's Pharmacy," *Dissemination*, p. 70.
③ Derrida, "Plato's Pharmacy," *Dissemination*, p. 98.

上（无论玄学、物理、化学或炼金术的意义上），它都不是一种'物质'。"① 德里达此文是一篇典型的"解构"（deconstruction）文章，主旨在于动摇任何稳定的观念，而pharmakon 以其本身包含相反二义，当然就为"解构"提供了一个很好的话题。

我们在前面讨论过的各种中西方文本，当然都处处在证明药物没有一个固定不变的本性，只不过这些文本不像高谈理论的文章那样，把语言文字弄得那么玄之又玄，晦涩难解。德里达的目的在于动摇任何物质的稳定性，但对我们前面讨论过的其他作者说来，恰好是事物一时相对稳定的性质会形成治疗或致命的效力。对于像 pharmakon 这样有相反两种含义的词，在语言的实际运用中以及在人生的现实境况中，都往往需要做出明确区分，而一旦决断，就无可反悔，而正是这样的后果会构成人生以及艺术当中的悲剧性（或喜剧性）。

4.《罗密欧与朱丽叶》中的毒与药

我们讨论了中国和西方关于人体、良药和毒药以及医

---

① Derrida, "Plato's Pharmacy," *Dissemination*, pp. 125‑126. 虽然德里达讨论 pharmakon 揭示出这个希腊词和概念的二重性，但他却并没有在他论莎士比亚《罗密欧与朱丽叶》的文章里，发挥他关于二重性的见解，因为他讨论此剧注重在命名和格言的问题。参见 Jacques Derrida, "Aphorism Countertime," in *Acts of Literature*, ed. Derek Attridge (New York: Routledge, 1992), pp. 414‑433。

术等等的比喻，从中悟出一点道理，得出一些见解，就可以帮助我们从跨文化的角度来解读莎士比亚，尤其是读《罗密欧与朱丽叶》，因为我认为在这个剧中，政治躯体的观念以及良药和毒药的辩证关系，都是构成剧情并推进剧情发展的关键和主题。在这个悲剧行动的核心，有一连串迅速发生的事件：罗密欧被放逐，劳伦斯神父给朱丽叶一剂药，使她伪装死去；劳伦斯神父给罗密欧的信突然受阻，未能送到，最后造成悲剧性结局；罗密欧服毒而死，朱丽叶则用匕首自杀。药剂和毒药、神父和卖药者、爱与恨，我们在剧中到处发现这样的对立力量，正是它们使此悲剧得以一步步发展。悲剧的背景是蒙塔古和卡普勒两个家族的世仇，这世仇就好像维洛那城患的一场疾病，最终要牺牲两个恋人才能治愈。于是罗密欧与朱丽叶的爱，就不只是两个年轻恋人的私事，而是治愈一个有病的城邦和社群的手段，是给维洛那止血去痛的良药。劳伦斯神父同意为罗密欧与朱丽叶秘密主持婚礼，就正是看到了这一点，所以他说："在有一点上，我愿意帮助你们。/因为这一结合也许有幸/把你们两家的仇恨转变为相亲。"(In one respect I'll thy assistant be. /For this alliance may so happy prove/To turn your households' rancour to pure love.)[①] 后来事情果然如此，但却不是按照神父本来的意愿那样进行。罗密欧与朱丽叶的爱不仅有悲剧性，而且具有拯救和治病的性质。

---

① Shakespeare, *Romeo and Juliet*, II. iii. 90, *The Riverside Shakespeare*, p. 1071.

如果那只是两个年轻人的爱,没有救赎和化解世仇的重要社会价值,也就不成其为悲剧。因此,他们的爱是治疗两家世仇的一剂良药,对两位情人而言,却又是致命的毒药,但与此同时,对于维洛那城说来,那药又证明很有疗效。在此剧结尾,他们的爱情和牺牲的社会性质得到了公众的承认,因为在维洛那城,将"用纯金"铸造这两位情人的雕像,象征和睦和仇恨的化解,意味着城邦终将恢复和平与秩序。

现在让我们考察一下此剧文本的细节。此剧开场,就有合唱队在剧前的引子里告诉我们说,这悲剧发生"在美丽的维洛那,我们的场景……公民的血使公民的手沾污不净"(In fair Verona, where we lay our scene ... Where civil blood makes civil hands unclean)[1]。蒙塔古和卡普勒两家的血仇使维洛那城流血不止,所以政治躯体的观念在此为全剧的行动提供了一个带普遍性的背景。这里重复两次的 civil 一词,特别有反讽的意味,因为维洛那城流"公民的血"的那场世仇,一点也不 civil(公民的、文明的、有礼貌的)。正如吉尔·烈文森所说:"在这里,这个重复的词就为维洛那城的各种矛盾定了基调,产生出概念的反对,一种词语的反转(synoeciosis or oxymoron)。"[2] 我们在良药和

---
[1] Shakespeare, *Romeo and Juliet*, The Prologue, *The Riverside Shakespeare*, p. 1058.
[2] Jill L. Levenson, "Shakespeare's *Romeo and Juliet*: The Places of Invention," *Shakespeare Survey* 49, ed. Stanley Wells (Cambridge: Cambridge University Press, 1996), p. 51.

毒药相反而相成的关系中看到的，当然正是矛盾和反转。这里提到维洛那或特定的意大利背景，也自有特别意义，因为在伊丽莎白时代和詹姆斯王时代的英国，由于长期以来与罗马天主教会为敌，也由于误解马基雅弗里的著作，在一般英国人想象中和英国戏剧表演的套子里，都把意大利与放毒和阴险的计谋紧密相连。16世纪一个与莎士比亚同时代的作家费恩斯·莫里逊就说："意大利人善于制造和使用毒药，早已得到证明，不少国王和皇帝都从那混合着我们救世主珍贵圣血的杯子里饮下毒药而亡。"他还说："在我们这个时代，施毒的技艺在意大利据说连君主们也会尝试使用。"[1] 这里说的好像正是《罗密欧与朱丽叶》中的维洛那，那是一个相当阴暗的地方，而正是在那个背景之上，特别由朱丽叶所代表的光明的意象，才显得格外突出。然而，在服用劳伦斯神父为她准备的药剂之前，甚至连朱丽叶也有过那么短暂一刻的疑虑，怀疑"万一那是神父调制的一剂毒药/要我在服用之后死去"（What if it be a poison which the friar/Subtilly hath minist'red to have me dead）[2]。当然，朱丽叶很快就下定决心，与其被迫第二次结婚，因而背弃与罗密欧的婚姻，倒不如相信神父可以解救她脱离困

---

[1] Fynes Moryson, *Shakespeare's Europe*, ed. Charles Hughes (London: Benjamin Blom, 1903), p. 406; quoted in Mariangela Tempera, "The rhetoric of poison in John Webster's Italianate plays," in Michele Marrapodi, A. J. Hoenselaars, Marcello Cappuzzo and L. Falzon Santucci (eds.), *Shakespeare's Italy: Functions of Italian Locations in Renaissance Drama* (Manchester: Manchester University Press, 1997), p. 231.
[2] Shakespeare, *Romeo and Juliet*, IV. iii. 24, *The Riverside Shakespeare*, p. 1085.

境。然而神父的药剂并未能帮她逃出困境,反而出乎意料,最终造成两位情人悲剧性之死。因此最终说来,神父希望能救人的药剂,和最后毒死罗密欧的毒药并没有什么两样。

让我们重新回顾一下,古代中国为医师下的定义是"聚百毒以共医事"。莎士比亚同时代剧作家约翰·韦伯斯特(John Webster)在其描写阴谋与复仇的著名悲剧《白魔》(*The White Devil*)里,对医生的描述也恰好如此:"医师们治病,总是以毒攻毒。"(Physicians, that cure poisons, still work/With counterpoisons.)。有论者评论此言说:"以这句话,弗拉密诺便把医师的职业与施毒者的勾当,放在同一个阴暗的角落里。"[1] 在《罗密欧与朱丽叶》中,医师和施毒者之间界限模糊,正是一个重要的主题,而罗密欧在曼都亚一间破旧不堪的药铺买了剧毒的药剂之后说的一段话,更特别点出了这个主题。他对卖药人说:

> 把你的钱拿去——在这令人厌倦的世界上,
> 比起那些禁止你出售的可怜的药剂,
> 这才是害人灵魂更坏的毒药,杀人更多。
> 是我卖了毒药给你,你并没有卖药给我。
>
> There is thy gold — worse poison to men's souls,
> Doing more murder in this loathsome world

---

[1] Mariangela Tempera, "The rhetoric of poison in John Webster's Italianate plays," in Michele Marrapodi et al (eds.), *Shakespeare's Italy*, p. 237.

Than these poor compounds that thou mayst not sell.
I sell thee poison, thou hast sold me none. ①

罗密欧用这几句话，就颠倒了金钱与毒药的功用，也颠倒了卖毒的人和付钱买毒药的顾客之间的关系。

罗密欧的语言始终充满矛盾和词语转换，上面所引那几句话，不过是许多例子当中的一例而已。在此剧开头，罗密欧还没有上场，老蒙塔古已经把儿子的失恋描述成一种病，说"他这样幽暗阴郁绝不是什么好兆头／除非良言相劝可以除掉他心病的根由"（Black and portentous must this humour prove/Unless good counsel may the cause remove）②。罗密欧一上场第一番台词，就是矛盾和反语的典型，几乎把相反的词语推到了极点：

> 啊，互相争斗的爱，互相亲爱的恨，
> 啊，无中可以生有的神秘！
> 啊，沉重的轻松，认真的空虚，
> 看似整齐，实则畸形的一片混乱，
> 铅重的羽毛，明亮的浓烟，冰冷的火，有病的强健，
> 永远清醒的沉睡，似非而是，似是而非！
> 我感觉到爱，却又没有爱在这当中。

---

① Shakespeare, *Romeo and Juliet*, V. i. 80, *The Riverside Shakespeare*, p. 1089.
② Shakespeare, *Romeo and Juliet*, I. i. 141, *The Riverside Shakespeare*, p. 1060.

> Why then, O brawling love, O loving hate,
> O anything of nothing first create!
> O heavy lightness, serious vanity,
> Misshapen chaos of well-seeming forms!
> Feather of lead, bright smoke, cold fire, sick health,
> Still-waking sleep that is not what it is!
> This love feel I that feel no love in this. ①

正如弗兰克·凯莫德所说:"这里真是相反词语的家园。"② 所以,虽然这些夸张而自相矛盾的话表现罗密欧还没有遇见朱丽叶之前,自以为爱上罗莎琳而又失恋时混乱的情绪,我们却不应该把这些精心建构起来的矛盾词语轻轻放过,以为这不过表露年轻人对爱情的迷恋,缺乏感情的深度。罗密欧的语言后来也确实有所改变,更具有诗意的抒情性。凯莫德指出,罗密欧放逐曼都亚,向卖药人购买毒药之前,在语言上更有值得注意的变化:"他不再有关于爱情精心雕琢的比喻,也不再有关于忧郁的奇特幻想,却直接面对问题。他对仆人说:'你知道我的住处,给我准备好纸和墨,/雇几匹快马;我今晚就要出发。'(Thou knowest my lodging, get me ink and paper, / And hire post-horses; I will

---

① Shakespeare, *Romeo and Juliet*, I. i. 176, pp. 1060–1061.
② Frank Kermode, *Shakespeare's Language* (London: Penguin, 2000), p. 54.

hence tonight.）"① 可是我们在前面已看到，在这之后不久，罗密欧对卖药人讲话，就颠倒了卖毒和买毒之间的关系。所以哪怕他说的话变得更直截了当，但在他的语言中，却自始至终贯穿着矛盾和对立面互相转换的辩证关系。

修辞和文本的细节在改变，但在全剧中，爱与死、良药和毒药相反而又相成的二元性主题，却始终没有改变。对立的两面不仅相反，而且是辩证的，可以相互转换。正如弗莱所说："我们通过语言，通过语言中使用的意象，才真正理解罗密欧与朱丽叶的'Liebestod'，即他们热烈的爱与悲剧性的死如何密不可分地联在一起，成为同一事物的两面。"② 在这个意义上说来，劳伦斯神父为朱丽叶调制的药剂与罗密欧在曼都亚购买的毒药，就并非彼此相反，却是"密不可分地联在一起，成为同一事物的两面"，和我们在前面讨论过的中国古代文本一样，都说明同一药物既有治病的疗效，又有致命的毒性。

在《罗密欧与朱丽叶》中，劳伦斯神父出场时有一大段独白，最清楚详细地讲明了世间万物相反又相成，良药与毒药可以互换转化的道理。他一大早起来，一面在园子里散步，采集"毒草和灵葩"（baleful weeds and precious-juiced flowers）放进手挎的篮子里，一面思索事物辩证转化

---

① Kermode, *Shakespeare's Language*, p. 58.
② Northrop Frye, "Romeo and Juliet," in Harold Bloom（ed.）, *Modern Critical Interpretations: Shakespeare's Romeo and Juliet*（Philadelphia: Chelsea House Publishers, 2000）, p. 161.

之理，感叹大地既是生育万物的母胎，又是埋葬万物的坟墓，善与恶在事物中总是密切联在一起，稍有不慎，就会打破二者的平衡："运用不当，美德也会造成罪过，／而行动及时，恶反而会带来善果。"(Virtue itself turns vice being misapplied, / And vice sometime's by action dignified.) 他接下去又说：

> 这柔弱的一朵小花细皮娇嫩，
> 却既有药力，又含毒性：
> 扑鼻的馨香令人舒畅，沁人心脾，
> 但吃进口中，却让人一命归西。
> 人心和草木都好像有两军对垒，
> 既有强悍的意志，又有善良慈悲；
> 一旦邪恶的一面争斗获胜，
> 死就会像溃疡，迅速扩散到全身。

Within the infant rind of this weak flower

Poison hath residence, and medicine power:

For this, being smelt, with that part cheers each part;

Being tasted, stays all senses with the heart.

Two such opposed kings encamp them still

In man as well as herbs: grace and rude will;

And where the worser is predominant

Full soon the canker death eats up that plant. ①

神父在这里提到"这柔弱的一朵小花",令人想起沈括所讲轶事中的朱砂和刘禹锡自叙故事中的药丸,因为它们都共同具有同一物质的二元性,都既是良药,又是毒药,既有治病的功效,又有毒杀人的相反效力。这些性质都不仅仅是相反,而且可以互换。而有趣的是,英国皇家莎士比亚剧团扮演劳伦斯神父极为成功的演员朱利安·格罗斐,正是借助于中国阴阳互补的观念,来理解神父那一长段独白,揣摩他如何思考自然及世间万物相反力量的微妙平衡。格罗斐在谈到劳伦斯神父的性格时,认为在那段长长的独白里,神父在赞叹"万物的多样性",并且试图"用'柔弱的一朵小花'既有药力又含毒性这样一个极小的例子,来说明一个更为宏大的主题,即阴阳互补,任何事物都包含完全相反的性质,所以世间才有平衡"②。在一定意义上,我们可以说《罗密欧与朱丽叶》这整部悲剧都是建立在这个"宏大主题"的基础上,即一切事物都内在地具有相反性质,而且会互相转换,良药和毒药的转化就是最令人惊惧的例证。我在前面已经说过,劳伦斯神父为朱丽叶准备了一剂药,他派人给罗密欧送信,却半途受阻而未能送达,

---

① Shakespeare, *Romeo and Juliet*, II. iii. 23, *The Riverside Shakespeare*, p. 1070.
② Julian Glover, "Friar Lawrence in *Romeo and Juliet*," in Robert Smallwood (ed.), *Players of Shakespeare* 4: *Further Essays in Shakespearian Performance by Players with the Royal Shakespeare Company* (Cambridge: Cambridge University Press, 1998), p. 167.

这些都是关键,最终造成悲剧灾难性的后果。所以神父在花园里的独白,就带有悲剧性预言那种不祥的暗示意味,可是那预言的意义神父自己在当时也不可能知道,而且完全超乎他一心想做好事的本意。由于事情的进展阴差阳错,完全无法预料,神父最后竟然成了自己所讲那一通道理的反面例证,即他所谓"运用不当,美德也会造成罪过"。

然而莎士比亚的读者们、观众们和批评家们,都并不总能充分理解和欣赏良药和毒药之二元性这一中心主题。乔安·荷尔莫就说,现代的读者们往往没有深思熟虑,就认为劳伦斯神父那一长段独白不过是老生常谈,不值得去深入分析,可是这样一来,他们就忽略了"莎士比亚设计这段话当中的独创性"[1]。甚至阿登版莎士比亚《罗密欧与朱丽叶》的编者布莱安·吉朋斯在论及神父的语言时,也贬之为"格式化的说教,毫无创意而依赖一些陈词滥调刻板的套子"[2]。可是把莎士比亚剧本和此剧所直接依据的作品,即阿瑟·布鲁克的长诗《罗密乌斯与朱丽叶》相比较,就可以看出莎剧里神父的形象显然扩展了很多,而他那段独白里表露出来的哲理,也为我们理解这出悲剧的行动和意义提供了最重要的线索。正如朱利安·格罗斐认识到的,"柔弱的一朵小花"那个极小的例子,其实可以揭示阴阳互

---

[1] Joan Ozark Holmer, "The Poetics of Paradox: Shakespeare's versus Zeffirelli's Cultures of Vilence," *Shakespeare Survey* 49 (Cambridge: Cambridge University Press, 1996), p. 165.

[2] Brian Gibbons, Introduction to the Arden Edition of Shakespeare, *Romeo and Juliet* (London: Methuen, 1980), p. 66.

补的"宏大主题",即良药与毒药微妙的平衡,在更普遍的意义上,这个例子也暗示出由幸运转向不幸、由善良的意愿导致灾难性后果的悲剧性结构。

亚里士多德早已指出,转化和认识是"悲剧打动人最重要的因素"①。在《罗密欧与朱丽叶》一剧中,转化不仅是戏剧行动关键的一刻,而且在戏剧语言中,在随处可见的词语矛盾中,在令人挥之不去的预示性意象中,都一直有某种暗示。神父准备为罗密欧与朱丽叶主持婚礼这一"圣洁行动"时,他曾警告他们说:"这样暴烈的快乐会有暴烈的结果/就好像火接触火药,一接吻/就化为灰烬。"(These violent delights have violent ends/And in their triumph die, like fire and powder,/Which as they kiss consume.)② 这又像是具悲剧意味的谶语,因为这两位恋人最后都以身殉情,在临死前说的话里都回应着"接吻"一词。罗密欧在饮下毒药之前,对朱丽叶说:"这是为我的爱干杯!卖药人啊,/你说的果然是实话,你的药真快。我就在这一吻中死去。"(Here's to my love! O true apothecary,/Thy drugs are quick. Thus with a kiss I die.) 朱丽叶醒来后想服毒自尽,说话时也重复了这一个意象:"我要吻你的嘴唇。/也许上面还留下一点毒液,/好让我死去而重新与你会合。"(I will kiss thy lips./Haply some poison yet doth hang on them/To

---

① Aristotle, *Poetics* 50a, trans. Richard Janko (Indianapolis: Hackett, 1987), p. 9.
② Shakespeare, *Romeo and Juliet*, II. vi. 9, *The Riverside Shakespeare*, p. 1074.

make me die with a restorative.)① 当然，转化还显露在聪明又一心想做好事的神父身上。他曾警告罗密欧："做事要慢而审慎；跑得太快反而会跌倒。"（Wisely and slow; they stumble that run fast.）② 可是到最后，正是他很快跑去坟地而跌倒："圣芳济保佑。今夜我这双老腿/怎么老在坟地里跌跌撞撞！"（Saint Francis be my speed. How oft tonight/ Have my old feet stumbled at graves!）③ 由此可见，从整个悲剧的结构到具体文本的细节，世间万物的二元性和对立面的转化都是《罗密欧与朱丽叶》一剧的核心，而劳伦斯神父对"这柔弱的一朵小花"所包含的毒性与药力的思考，最明确地揭示了这一核心的意义。

劳伦斯神父固然博学多识，深明哲理，可是却无法预见自己计谋策划和行动的后果，然而到最后，众人却只能靠他来解释悲剧为什么会发生，如何发生。神父在结尾的讲述并非只是重复观众已经知道的情节，因为在剧中所有的人物里，在那时刻他是唯一的知情人。他说的话又充满了词语的矛盾：

> 我虽然年老体衰，却有最大嫌疑，
> 因为时间和地点都于我不利，好像
> 我最可能犯下这恐怖的杀人罪。

---

① Shakespeare, *Romeo and Juliet*, V. iii. 119, V. iii. 164, p. 1091.
② Shakespeare, *Romeo and Juliet*, II. iii. 94, *The Riverside Shakespeare*, p. 1071.
③ Shakespeare, *Romeo and Juliet*, V. iii. 121, p. 1091.

我站在这里,既要控告我自己,

也要为自己洗刷清白,证明无罪。

I am the greatest, able to do least,

Yet most suspected, as the time and place

Doth make against me, of this direful murder.

And here I stand, both to impeach and purge

Myself condemned and myself excus'd. ①

神父不能预见自己计划和行为的后果,其实正是产生悲剧的一个条件,因为这正显出人类必有的悲剧性的局限,而他最后认识到这类局限也非常关键,因为他由此而表现出悲剧中另一个重要因素,即认识。亚里士多德说:"认识,正如这个词本身意义指明的,是由不知转为知。"② 朱丽叶在坟墓里醒来时,神父力劝她离开那个"违反自然的昏睡且充满瘴气的死之/巢穴"(that nest/Of death, contagion, and unnatural sleep),在那个时刻,他已经认识到"我们无法违抗的一种更大的力量/已经阻碍了我们的计划"(A greater power than we can contradict/Hath thwarted our intents)。③ 我们现代人的头脑总希望寻求一个符合理性的解释,所以神父这句话很可能没有什么说服力,有些批评

---

① Shakespeare, *Romeo and Juliet*, V. iii. 223, p. 1092.
② Aristotle, *Poetics*, 52b, p. 14.
③ Shakespeare, *Romeo and Juliet*, V. iii. 151, *The Riverside Shakespeare*, p. 1091.

家也因此责怪劳伦斯神父,甚至责怪莎士比亚,认为他们太过分地用偶然机缘来解释悲剧的发生。然而对于古典的和莎士比亚的悲剧观念而言,恰恰是"我们无法违抗的一种更大的力量"把悲剧行动推向命运的转折,造成一连串阴差阳错的事件,而这些事件"按照或然律或必然律"发展,自有其逻辑线索可循。① 和古希腊悲剧家索福克勒斯(Sophocles)描绘的俄狄浦斯王(King Oedipus)一样,悲剧主角为逃避厄运所做的每一件事情,都恰恰把他自己推向那似乎命中注定的厄运,引向必不可免的悲剧性结局。无论你怎样诚心做好事,你总是无法预知自己行为的后果,也无法控制这些后果。神父在思考平衡与转换、善与恶、良药与毒药之相反相成时,岂不正是讲的这样一个道理吗?

《罗密欧与朱丽叶》成为莎士比亚最让人喜爱、最受欢迎的剧作之一,当然是由于年轻恋人的爱与死,由于诗剧语言之美,由于强烈的感情表现在令人印象深刻的意象和比喻里。不过我要指出的是,对立面的相反相成,尤其是良药与毒药的含混与辩证关系,构成整个的中心主题,使悲剧才成其为悲剧,而在剧中,是劳伦斯神父对这个中心主题做了最令人难忘的表述。两个年轻恋人遇到困难,总是找神父出主意,所以神父的一举一动,对剧情的发展都有决定性影响。如果没有神父的祝福,罗密欧与朱丽叶就不可能成婚,没有神父调制的药剂,朱丽叶就无法逃脱强

---

① Aristotle, *Poetics*, 52a, p. 14.

加给她的第二次婚姻,但另一方面,悲剧也就不可能像剧中那样发生。所以从戏剧的观点看来,劳伦斯神父实在是处于戏剧行动的中心位置,他所起的作用,也远比人们一般承认的要重大得多。

我在此要再强调的一点是,我们是从跨文化阅读的角度,才得以更好地理解和欣赏这一中心主题,因为我们把《罗密欧与朱丽叶》和沈括、刘禹锡、李纲等中国文人的著作一起阅读,才开始看出毒药与良药辩证关系的重要,才最明确地理解阴阳互补那"宏大的主题",即同一事物中相反性质的共存和转换。让我们再看看沈括对朱砂既能杀人又能治人之变化的本性所做的评论:"以变化相对言之,既能变而为大毒,岂不能变而为大善?既能变而杀人,则宜有能生人之理。"这里突出的观念是药物既能治病又能毒杀人的二重性。我们可以把这几句话与劳伦斯神父的话并列起来,神父所说是关于人与自然中相反力量的平衡,关于对立面的辩证关系:

> 这柔弱的一朵小花细皮娇嫩,
> 却既有药力,又含毒性:
> 扑鼻的馨香令人舒畅,沁人心脾,
> 但吃进口中,却让人一命归西。
> 人心和草木都好像有两军对垒,
> 既有强悍的意志,又有善良慈悲。

我们的讨论从《梦溪笔谈》中两条记载开始，以莎士比亚的著名悲剧《罗密欧与朱丽叶》结束，当中涉及中国和西方许多不同性质、不同类型的文本，但把这些不同文本联系起来的，又是一个贯穿始终的主题，那就是由药与毒所揭示出来的世间万物相反相成、阴阳互补的辩证关系。中西文本这样相遇就明显地证明，在很不相同的文学和文化传统中，有思想和表达方式上出奇的共通性。我们要深入理解不同文本，固然需要把它们放进各自不同的独特环境里，但超乎它们的差异，主题的模式将逐渐呈现出来，把差异放在它们适当的位置上，并且显露人们的头脑在运作当中令人惊讶的相似，揭示人类在想象和创造当中的契合。《罗密欧与朱丽叶》是西方文学中著名的经典作品，关于这部作品的评论可以说已是汗牛充栋，但把这部作品放在中西比较或世界文学更广阔的范围里，让莎士比亚与沈括、刘禹锡、董仲舒、李纲等中国古人去对话，大概是前人还没有尝试过的，而这样的尝试就有可能开拓一片新的批评领域，做出具有新意的解读。在这个意义上说来，中西比较和世界文学可以为我们打开新的视野，使我们甚至对已经有许多批评和解读的中西文学经典，也能从不同的角度，产生一些新的认识，加深我们对这些文本当中共同主题的理解。

六　世界文学的诗学

在专论亚里士多德《诗学》中悲剧观念的一本书里，英国古典学者和作家鲁卡斯（F. L. Lucas）认为诗学，即关于文学再现的性质及各种元素之哲学探讨，只可能出现在古代希腊，因为在古代世界所有不同民族当中，只有希腊人才具有这种追根究底的好奇心和能力，去提出具根本性质的问题。鲁卡斯说："其他民族也曾把同样美妙的梦想转变为艺术，讲述成故事，但是只有从希腊人那里，欧洲才学会了（就其已经学到的而言）不仅要梦想，而且要质疑，对地上或天上的任何事情，都不要轻易相信，学会那种不信任的态度，简而言之，那种曾经惊天动地的不信任。"[①] 对事物之本源和终极元素的哲学探索，似乎只有希腊人才可以得而专之，因为"其他的古民族"都没有质疑过他们生活在其中的世界，"他们，就像现代的大多数人一样，比起求真来，更宁愿选择安定"[②]。我们不大可能期望

---

① F. L. Lucas, *Tragedy: Serious Drama in Relation to Aristotle's Poetics*, revised ed. (London: The Hogarth Press, 1957), p. 12.
② Lucas, *Tragedy*, p. 13.

鲁卡斯知道中国古代的大诗人屈原,但屈原恰好就有一篇质疑天地万物的《天问》,开篇就提出这样根本性质的问题:"遂古之初,谁传道之?上下未形,何由考之?冥昭瞢暗,谁能极之?冯翼惟像,何以识之?"① 屈原接着提了将近一百八十个问题,穷究宇宙之源、天地之本,从上古之传说异闻到世事变迁之历史事迹,体现出令人惊叹的智性的好奇心和能力。当然,除了对专门研究中国古代文学的人而言,屈原的《天问》并不是广为人知的作品,但我想强调的是,我们今天谈论世界文学是一个真正全球范围的概念,要讨论世界文学的诗学,比起鲁卡斯始终限制在欧洲那个框架,我们需要范围更广大得多的理论框架。尽管我们充分承认亚里士多德《诗学》是我们所做工作的经典范例,我们却需要超越希腊和亚里士多德的传统。

1. 诗学、美刺讽谏、讽寓解释

如果诗学意味着要处理全世界各种不同语言文化传统中汗牛充栋的文学作品,那就太不现实了,不过戴维·丹姆洛什已经提出了一个世界文学的概念,虽然也包含大量作品,但毕竟是更为现实也更可能把握的概念,即世界文学是"超出其文化本源而流通的一切文学作品,这种流通

---

① 屈原著,洪兴祖补注:《楚辞补注》,北京,中华书局,1983,第85—86页。

可以是通过翻译，也可以是在原文中流通"。流通和翻译于是成为决定性的要素，世界文学就是离开作品本身原来的语言文化之家，在一个多元文化的世界中，被其他语言文化传统的读者所阅读和欣赏的作品。丹姆洛什还说："世界文学不是无穷无尽、无法把握的一套经典，而是一种流通和阅读的模式，是可以适用于个别作品，也可以适用于一类材料的模式，既可适用于阅读已经确立的经典作品，也可适用于新的发现。"① 我们同样可以这样来定义世界文学的诗学，也就是说，世界文学的诗学并不是全世界不同传统所有批评观念的总和，那会是数量多得无法把握的累积，而是关于丹姆洛什所说那样的世界文学之性质、品质、价值等根本问题的理论探讨。世界文学的诗学必须跨越国家和地区的界限。正如美国学者厄尔·迈纳在他所著《比较诗学》一书中所说："只考察一个文化传统的诗学，无论其多么复杂、精巧或丰富，都只是在调查一个思想的宇宙。而考察其他各种诗学就必然去探究文学各个不同宇宙全部的内容，去探究有意识的全部论述。"② 对诗学而言，重要的不在包罗万象，而在有意义和有代表性，世界文学的诗学必须是比较的，必须包含不止一个国家或地区的传统，应该引领我们更深入地理解和欣赏世界文学。这是一个开放的概念，可以不断扩展以适应新的例子，也就是说，世

---

① Damrosch, *What Is World Literature?* pp. 4-5.
② Earl Miner, *Comparative Poetics: an intercultural essay on theories of literature* (Princeton: Princeton University Press, 1990), p. 7.

界文学的诗学将随着世界文学本身之发展而发展。

从比较和全球的视角看来,有一点值得我们注意,那就是亚里士多德的《诗学》虽然在西方批评传统中具有核心价值,但研究亚里士多德的古典学者史蒂芬·哈利维尔告诉我们说,在古代或中世纪的欧洲,这部著作"根本就很少见到,也并不是广为人知"①。对欧洲而言,亚里士多德《诗学》是16世纪晚期文艺复兴时代的一个"再发现"。然而当《诗学》在欧洲失去踪影时,在阿拉伯世界却有学者在研究这部书,尤其是阿布·阿-瓦里得·穆哈默德·伊本·阿玛德·伊本·拉锡德(1126—1198),西方人称他为阿维洛。阿维洛对《诗学》的评注,使亚里士多德的著作可以走向另一个非常不同的传统。例如,亚里士多德在《诗学》里这样区分悲剧和喜剧:"喜剧大多表现比一般人更低贱的人,悲剧则表现比一般人更高尚的人。"② 阿维洛在评注中,把这两个术语翻译成贬责邪恶的"讽刺"和鼓励美德的"赞颂"。他说:"因为每一种比较和叙述性的再现都关注高尚和低贱,所以在比较和叙述性的再现中,追求的都只是讽刺或赞颂。"③ 把亚里士多德的"喜剧"和"悲剧"替换成"讽刺"和"赞颂"看来似乎是一种道德主

---

① Stephen Halliwell, "Aristotle's poetics," in George A. Kennedy (ed.), *The Cambridge History of Literary Criticism*, vol. 1, *Classical Criticism* (Cambridge: Cambridge University Press, 1989), p. 149.
② Aristotle, *Poetics,* ed. and trans., Stephen Halliwell, in Aristotle, *Poetics*, Longinus, *On the Sublime*, and Demetrius, *On Style*. The Loeb Classical Library 199 (Cambridge, Mass.: Harvard University Press, 1995), p. 35.
③ Averroes, *Averroes' Middle Commentary on Aristotle's Poetics*, trans. Charles E. Butterworth (Princeton: Princeton University Press, 1986), p. 66.

义的误读，但阿维洛的英译者告诉我们说，这是因为阿维洛"认为诗本来就旨在赞扬或贬责，所以这和他对诗在知识体系中的地位相关，而不是他误解了亚里士多德所说喜剧和悲剧的意思"①。我们或许会认为，阿维洛过分强调了悲剧和喜剧之教诲和道德的作用，但这恰好说明在不同的文化和社会环境里，诗具有不同的功用。

令人惊异的一个巧合是，赞颂和贬责恰好也是古代中国经典评注传统中，注经的儒生们认为诗应该起的作用，对《诗经》的评注尤其如此，那就是他们所谓诗之"美刺"功用。《诗经》里每一首诗前面都有一篇"小序"，首先确定这首诗是"美"先王之化，还是"刺"无道之君主。正如美国学者苏源熙所说，既然诗可以有反讽或讥刺的意义，那么"就看你怎么理解，同一首诗既可以是美，也可以是刺"，因为"如果假定诗的含义和诗的字面意义可以不同，如果这是一首'变风'之诗，那么此诗看起来像是褒扬，其实却是贬责，就会产生不确定性"②。在很多情况下，尤其是带有情色意味的情诗，这种"美刺讽谏"的解释会完全不顾文本的字面意义，把十分牵强的解释强加在文本之上。这类解释不能不令人想起犹太拉比和基督教教父们对《圣经·雅歌》讽寓式的过度解释。我曾在一部专著里讨论这种解释，认为其特点就是"把有争议的文本成分替换成

---

① Averroes, *Averroes' Middle Commentary on Aristotle's Poetics*, pp. 13 – 14.
② Haun Saussy, *The Problem of a Chinese Aesthetic* (Stanford: Stanford University Press, 1993), p. 96.

在思想意识上可以接受的另一类成分,在文类上把一首情诗改变成表现美德或精神真理的经典文本"[1]。作为一种阐释方法,讽寓解释最早发源于公元前 6 世纪对荷马史诗的哲学解读,后来被亚历山德里亚的犹太人斐罗(Philo of Alexandria)和基督教的教父们用来解释《圣经》。这种讽寓解释指出荷马史诗、《圣经》的经文或儒家经典《诗经》等文本真正的含义与其字面意义不同,主要目的都在保护这些文本的经典性,防止这些文本会被攻击为有违真理或道德。为什么不同的文化传统中都会有讽寓解释?讽寓解释是如何产生的?这对文学的阅读有怎样的影响?这类问题就是我们研究世界文学的诗学时,应该探讨的问题。我将在另一章里更详细讨论经典和讽寓解释的起源、发展以及在中西跨文化比较研究中,如何看待讽寓解释这一个重要的阐释问题。世界文学的诗学应该讨论的,就正是这类涉及跨文化领域的文学理论问题。

2. 诗的起源问题: 模仿、灵感、表现

诗的起源是文学批评理论当中一个主要的问题。亚里士多德认为诗从人类的模仿本能当中自然产生,模仿的本能"把人区别于其他的动物:人最具有模仿性,而且人正

---

[1] Zhang Longxi, *Allegoresis: Reading Canonical Literature East and West* (Ithaca, NY: Cornell University Press, 2005), p. 110.

是通过模仿，才发展出他最初的理解能力"①。亚里士多德认为，对于模仿艺术的诗，批评家可以做理性逻辑的分析，但比模仿更早的关于诗之灵感的概念，却强调诗之创作是非理性的，甚至是诗人完全处于无意识"迷狂"状态的产物。柏拉图在《申辩篇》（"Apology"）中说，诗人不能解释他们自己的作品，因为"他们之所以能写出诗来，不是因为智慧，而是在巫师和预言者那里也可以见到那种本能或者灵感"②。另外在《伊安篇》（"Ion"）里，他又这样来描述诗人，说他"很轻而且有翅膀，很神圣，直到他获得灵感，变得神志不清，毫无理性之前，他绝作不出诗来"③。柏拉图还在《斐德罗篇》（"Phaedrus"）中提到德尔菲（Delphi）神庙里的女寓言者和朵多纳（Dodona）神庙里的女祭司们，描述她们的祭祀活动说："最大的祝福是由迷狂而来的，那是上天赐予的迷狂。"④ 柏拉图显然意识到艺术创作神秘的方面，知道那不可能完全从理性和逻辑的角度去解释，不过作为哲学家，他当然赞同逻辑和理性，而不赞成诗性和非理性的灵感。

在许多文化传统里，都有灵感和无意识创造的概念，例如按古印度梵语诗学的理解，诗也是自然而然产生的，"是强烈感情不得不有的流露，就像水漫出瓶子一样的流畅

---

① Aristotle, *Poetics*, p. 37.
② Plato, *The Dialogues of Plato*, p. 8.
③ Plato, *The Dialogues of Plato*, p. 220.
④ Plato, *The Dialogues of Plato*, p. 491.

自然"①。印度学者拉进德兰说,灵感是"一种不可预测的现象"。古印度的批评家们,如9世纪的欢增(Ānandavardhana)就认为:"当诗人沉浸于默想之中时,他的想象不用丝毫有意识的努力,就充满了真正诗性的意象。"② 灵感的概念把诗的起源定位在诗人的主观状况中,而不在对外在行动的模仿,中国古代经典《尚书》又提出另外一种看法,即《虞书·舜典》所谓"诗言志,歌永言"。舜命夔教胄子以诗乐,夔打击石制的乐器,唱诗而"八音克谐,无相夺伦,神人以和",而且"百兽率舞"。③ 这很容易令人想起希腊神话中的俄尔斐斯(Orpheus),他有力的歌声"能让一切有生命的东西如痴如醉,无论是深藏在山隙洞穴中的,还是最狂放的野兽,能保证宇宙中一切契合,达于万物的和谐"④。俄尔斐斯的神话表现了在苏格拉底之前,也就是在语言脱离音乐和舞蹈之前关于艺术的观念。正如恩斯特·卡西列所说:"神话、语言和艺术一开始是一个具体而未分的整体,只是后来才逐渐分化为精神创造相互独立的三种模式。"⑤ 这从希腊和中国的神话传说中都可以得到证明,于是我们在探讨世界文学的诗学时,就可以重新

---

① C. Rajendran, *Studies in Comparative Poetics* (Delhi: New Bharatiya Book Co., 2001), p. 11.
② Rajendran, *Studies in Comparative Poetics*, p. 10.
③ 《尚书正义》,阮元《十三经注疏》,上册,第131页。
④ Pierre Somville, "Poetics," trans. Catherine Porter and Dominique Jouhaud, in Jacques Brunschwig and Geoffrey E. R. Lloyd (eds.), *The Greek Pursuit of Knowledge* (Cambridge, Mass.: Harvard University Press, 2003), p. 303.
⑤ Ernst Cassirer, *Language and Myth*, trans. Susanne K. Langer (New York: Dover Publications, 1953), p. 98.

思考关于诗之起源的一些根本问题,如语言与音乐之关系、最早的诗歌之口传起源、早期戏剧与宗教仪式之关系,以及戏剧表演中戏剧与音乐和舞蹈之关系。

《诗·大序》把这类关系表达得很清楚:"诗者,志之所之也。在心为志,发言为诗。情动于中而形于言,言之不足,故嗟叹之。嗟叹之不足,故永歌之。永歌之不足,不知手之舞之,足之蹈之也。"① 按《诗·大序》的理解,诗不是发源于外在行动的模仿,而是内在情志之表现,是发言为诗,而非模仿为诗。如刘若愚所说,"志"可以有多种理解,"把'志'理解为'心愿'或'情感'的批评家们,就发展出表现的理论,而把'志'理解为'志向'或'盛德'的批评家们,就往往把表现理论与实践功用相结合"②。刘勰的《文心雕龙》又提出关于文之起源另一种说法,认为文乃"与天地并生"③。有人认为这表现了文起源于自然或宇宙的观念,但其实这更多是刘勰希望借天地宇宙之权威来抬高文的地位。所以关于诗或文之起源问题,不同传统有不同的答案,也显露出诗作为艺术创造的不同方面。

古印度的梵语诗学在古代希腊和中国之外,提出独具特色的又一套理论,有特别的概念和术语,值得我们注意。关于诗的起源,在极富想象的梵语文学中,吟唱颂诗的吠

---

① 《毛诗正义》,阮元《十三经注疏》,上册,第 269—270 页。
② James J. Y. Liu, *Chinese Theories of Literature* (Chicago: University of Chicago Press, 1975), p. 70.
③ 刘勰著,范文澜注:《文心雕龙注》,上册,第 1 页。

陀诗人"崇拜语言,将语言尊为女神",甚至"赞美她是神中的王后,神力遍及天国和大地"。① 不过吠陀是婆罗门教的宗教经典,而非梵语文学,但梵语诗学的确从一开始就与梵语语言研究密切相关,在修辞和音韵等各个方面都有深入探讨。梵语诗学现存最早的著作是 7 世纪婆摩诃（Bhāmaha）著《诗庄严论》（*Kāvyālankāra*），婆摩诃在书中提出"诗是音和义的结合"这一定义,后来"成了许多梵语诗学家探讨诗的性质的理论出发点"②。这就是说,梵语诗学一开始就从语言本身去理解诗的起源和性质。

3. 天才与传统

在许多文学传统里,都常有诗人乃具独创能力之天才的观念。在古印度的梵语诗学里,天才是前世因缘的结果。7 世纪的批评家檀丁（Dandin）就说："Kaviprathibhā,即诗之天才,乃是前世继承下来一种奇妙的才能。"③天才是与生俱来、不假外力的特殊才能,没有这样的才能,艺术创作就不可能成功。18 世纪是欧洲所谓理性的时代,而法国新古典主义批评家布瓦洛也在《诗艺》（*L'Art poétique*）一开头就说,没有天生的才能而想做诗人,只能是徒劳

---
① 黄宝生:《梵学论集》,北京,中国社会科学出版社,2013,第 278 页。
② 黄宝生:《印度古典诗学》,北京,北京大学出版社,1999,第 218 页。
③ Rajendran, *Studies in Comparative Poetics*, p. 10.

无功：

> 鲁莽的作者在帕纳斯山
> 徒然想攀上诗艺的峰巅：
> 如果他感觉不到上天神秘的影响，
> 出生时没有诗人的命星映照天上，
> 他就摆脱不了狭隘性情的局限；
> 菲伯斯对他沉默，佩伽索斯也不情不愿。

> C'est en vain qu'au Parnasse un térméraire auteur
> Pense de l'art des vers atteindre la hauteur:
> S'il ne sent point du Ciel l'influence secrète,
> Si son aster en naissant ne l'a formé poëte,
> Dans son genie étroit il est toujours captif;
> Pour lui Phébus est sourd, et Pégase est rétif. ①

希腊中部的帕纳斯山是太阳神阿波罗的圣山，也是掌管文艺的缪斯女神的居处，菲伯斯即阿波罗，诗和文艺的保护神，佩伽索斯是带羽翼的神马，这些都是欧洲古典主义诗文中常有的希腊神话形象。柏拉图描述那种非理性的灵感，深深影响了 19 世纪浪漫主义文学和康德之后的美学对于天才的理解。康德认为诗是最高的艺术，"其起源几乎完全有

---

① Nicolas Boileau, *L'Art poéqique de Boileau Despréaux* (Paris: Chez L. Duprat-Duverger, 1804), p. 1.

赖于天才，而最不易受规则或先例的指引"①。不过在康德看来，审美判断中最重要的不是天才，而是趣味，如果二者产生冲突而在当中只能取其一，那么不能不舍弃的"就应该是天才这一面"。② 正如伽达默尔所说，在康德之后的美学理论中，"康德的天才概念和趣味概念完全调换了位置。天才成为包含更广的概念，而与之相反，趣味的现象则被忽略了"③。从谢林到弗洛伊德，个人越来越成为考虑的焦点，在美学和心理分析里，艺术和无意识互相联系得越来越紧密，诗和文艺都被理解为天才无意识的创造，或是未能得到满足之意愿或受到压抑之欲望的升华。

在文学创作中，对无意识的强调必须与有意识的努力互相平衡，所有的批评传统几乎无一例外都承认这一点。19世纪浪漫主义天才无意识创造的观念导致了阐释学的兴起，因为阐释学是理解和解释的艺术，其功用是把无意识的创作提到有意识理解的水平，所以施莱尔马赫关于阐释的任务有这样著名的定义，认为阐释者"首先要理解得和作者一样好，然后还要比作者理解得更好"④。诗之有创造性、有灵感和神秘的一面，必须辅以文学批评逻辑的和解

---

① Immanuel Kant, *Critique of Judgment*, trans. Werner S. Pluhar (Indianapolis: Hackett, 1987), §53, p. 196.
② Kant, *Critique of Judgment*, §50, p. 188.
③ Hans-Georg Gadamer, *Truth and Method*, 2nd revised ed., trans. revised by Joel Weinsheimer and Donald G. Marshall (New York: Crossroad, 1991), p. 56.
④ Friedrich Schleiermacher, *Hermeneutics, the Handwritten Manuscripts*, trans. James Duke and Jack Forstman (Missoula, Mont.: Scholars Press, 1977), p. 112.

释的一面。诗人的天才也必须辅以学识和认真的努力。理解了这一点，我们就可以更好地理解严羽《沧浪诗话》中一段看似自相矛盾的话："夫诗有别材，非关书也；诗有别趣，非关理也。然非多读书，多穷理，则不能极其至。"①

在西方文学中，希腊神话中的神马佩伽索斯常常象征那种自由驰骋、天马行空的诗人之天才，而就像神马的皮毛需要经常洗刷整理一样，诗人天生的才能也需要多读书，多穷理，才能更加充实而充分发挥其力量。18世纪英国诗人蒲伯（Alexander Pope）在《论批评》中告诉年轻的诗人："首先追随自然，来做出你的判断/因为自然的标准公允，恒常不变。"（First follow nature, and your judgment frame/By her just standard, which is still the same.）② 蒲伯在此给诗人提出的建议，也是顺应自己天生的才能模仿自然，但同时也要学习前辈杰出的作品。因此，要成为一个杰出的诗人，要完成一部成功的文学创作，就必须二者齐备，天才与传统、与生俱来的天赋与发奋图强的努力、自然天成与含毫凝思，都缺一而不可。

天才是个人的才能，必须与丰富的文学传统取得平衡。T. S. 艾略特在《传统与个人才能》这篇名文中特别讨论了这两个方面，指出任何一位作家和诗人，都只能把他放在整个文学传统当中，才可能认识其意义。艾略特说："没有

---

① 严羽著，张健校笺：《沧浪诗话校笺》，上册，第129页。
② Alexander Pope, *Essay on Criticism*, ll. 68-69, *Selected Poetry and Prose*, ed. W. K. Wimsatt (New York: Holt, Rinehart and Winston, 1972), p. 69.

任何一位诗人,也没有任何一位艺术家,可以独立地具有他全部的意义。他的意义,对他的评价,都是在他与已经死去的诗人和艺术家们的关系当中,才能做出的评价。"[1]这句话也说明,在现代主义的诗学里,浪漫时代的个人观念显然已经被淡化了。文学的发展必然有自己的路径,于是文学的形式、典范的作品和体裁的程式等,就变得十分重要。就像加拿大批评家弗莱所说:"诗只能从别的诗中产生;小说只能从别的小说中产生。文学由自身形成,而非由外力形成:文学的形式不可能存在于文学之外,正如奏鸣曲、赋格曲和回旋曲的形式不可能存在于音乐之外一样。"[2] 在现代文学理论中,关注的重点更从个人的才能转移到系统性的语言和文学程式。乔纳森·卡勒认为"程式是文学体制的组成要素",在这体制中,一首诗不是自动完成的,而是"一种表述,这种表述只有符合读者已经吸收了的一套程式,才可能有意义"。[3] 按这样的理解,文学几乎是一种与人无关的体制(institution),但文学当然是许多个别作者创作的总和。如何平衡天才与传统、个人才能的独特性质与经典著作的典范意义,这些都是世界文学的诗学需要探讨的重要问题。

---

[1] T. S. Eliot, "Tradition and the Individual Talent," in Frank Kermode (ed.), *Selected Prose of T. S. Eliot* (New York: Harcourt Brace Jovanovich, 1975), p. 38.
[2] Northrop Frye, *Anatomy of Criticism: Four Essays* (Princeton: Princeton University Press, 1957), p. 97.
[3] Jonathan Culler, *Structuralist Poetics: Structuralism, Linguistics and the Study of Literature* (London: Routledge and Kegan Paul, 1975), p. 116.

4. 文学语言、戏剧、悲剧性

诗学是对文学做分析和评判，所以必然要关注文学语言以及文学作品的组成部分。亚里士多德在《诗学》里分析了悲剧的六种要素——"情节、人物、用词、思想、场景和抒情诗句"①。研究梵语文学的学者芭芭拉·米勒指出，古印度文学"一个特点就是非常关注语言的性质"。"梵语"（Sanskrit）这个词本身的意思，就是"放在一起的，制定好规则的，分类的"②。另一位梵语文学专家坡洛克也说，梵语是高雅的语言，"是通过语音和词法的转变'放在一起'的"③。曲语（vakrokti）是梵语诗学很重要的概念之一，据印度学者帕塔克说，曲语"十足就是诗歌语言的基本原则"。按照这个原则，诗的语言应该不是直接的表达，而是间接而含蓄的暗示。他又说："印度关于诗的思考大多和语言相关，把诗主要视为语言的组合，而按照这种思考，诗的语言基本上就是最好的曲语。"④ 黄宝生也说，7 世纪婆摩诃的《诗庄严论》"认为'庄严'是诗美的主要因素。

---

① Aristotle, *Poetics*, p. 49.
② Barbara Stoler Miller, "The Imaginative Universe of Indian Literature," in Miller (ed.), *Masterworks of Asian Literature in Comparative Perspective: A Guide for Teaching* (Armonk, N. Y.: M. E. Sharpe, 1994), p. 5.
③ Sheldon Pollock, "Sanskrit Literary Culture from the Inside Out," in Pollock (ed.), *Literary Cultures in History: Reconstructions from South Asia* (Berkeley: University of California Press, 2003), p. 62.
④ R. S. Pathak, *Comparative Poetics* (New Delhi: Creative Books, 1998), p. 99.

而'庄严'的实质是'曲语'（即曲折的表达方式）"①。这一看法似乎与中国文学传统中许多意见相近，如唐人司空图《诗品》描述诗歌语言和各种风格，就强调非直接的和简约的表述。《诗品·冲淡》："素处以默，妙机其微。……遇之匪深，即之愈希。脱有形似，握手已违。"《诗品·含蓄》开头几句尤其有名："不著一字，尽得风流。语不涉己，若不堪忧。"② 苏东坡《送参寥师》也说："欲令诗语妙，无厌空且静。静故了群动，空故纳万境。"③ 严羽《沧浪诗话》亦谓："诗者，吟咏情性也。盛唐诸人，惟在兴趣，羚羊挂角，无迹可求。故其妙处，透彻玲珑，不可凑泊，如空中之音，相中之色，水中之月，镜中之象，言有尽而意无穷。"④ 在中国文学批评传统中，类似这样的看法到处可见，可以说是一种常识。在西方文学传统中，同样的意见也并不在少数。如法国象征派诗人韦尔兰（Paul Verlaine, 1844—1896）的《诗艺》就很接近这个看法，认为诗语不应该是直白，而应该含蓄："最可贵是那灰色的诗歌/在其中模糊与精确相糅合。"（Rien de plus cher que la chanson grise/Où l'Indécis au Précis se joint.）⑤ 德国诗人里尔

---

① 黄宝生：《印度古典诗学》，第218页。
② 司空图、袁枚著，郭绍虞集解与辑注：《诗品集解·续诗品注》，北京，人民文学出版社，1981，第5、6、21页。
③ 苏轼：《送参寥师》，王文诰辑注，孔凡礼点校《苏轼诗集》，北京，中华书局，1987，第3册，第906页。
④ 严羽著，张健校笺：《沧浪诗话校笺》，上册，第157页。
⑤ Paul Verlaine, "Art poétique," *One Hundred and One Poems by Paul Verlaine: A Bilingual Edition* (Chicago: University of Chicago Press, 1999), p. 126.

克（Rainer Maria Rilke，1875—1926）在一首诗里也表达了相同的意见："沉默吧。谁在内心保持沉默，/就触摸到了语言之根。"（Schweigen. Wer inniger schwieg,/rührt an die Wurzeln der Rede. ）① 由此可见，在东西方文学和文学批评传统中，对诗的语言都有许多可以相比较的讨论，而这些讨论可以加深我们对文学本身的理解，也是世界文学的诗学值得重视和不断被探讨的问题。

亚里士多德的《诗学》对悲剧研究做出了重要贡献，古印度梵语诗学中最早的著作，大约公元前 2 世纪婆罗多牟尼（Bharatamuni）所著《舞论》（Nāṭyaśāstra）也相当全面地讨论了戏剧艺术，分别论述戏剧的"味"（rasa）、"情"（bhāva）、语言和表达各种感情的身体姿态。梵语戏剧是高度程式化的，婆罗多牟尼描述了八种味或情，"这八种味还有象征自己的颜色和天神。艳情是紫色，滑稽是白色，悲悯是灰色，暴戾是红色，英勇是橙色，恐怖是黑色，厌恶是蓝色，奇异是黄色"②。梵语戏剧和中国以及其他一些传统戏剧一样，用各种颜色涂绘的脸谱或面具来象征人的情感或性格。希腊戏剧也用类似的面具，但与希腊悲剧不同的是，梵语戏剧和中国传统戏剧的结尾往往都是大团圆式的，以此来满足观众寻求诗中之正义那种道德感。因此，印度和中国戏剧中是否有悲剧，戏剧的结尾应该是不幸还是大团圆，就成为一个常常有人讨论的问题。就这个问题，

---

① Rainer Maria Rilke, "Für Frau Fanette Clavel," *Sämtliche Werke*, vol. 2, p. 58.
② 黄宝生：《印度古典诗学》，第 41 页。

我们可以先看看亚里士多德关于悲剧结尾是怎么说的。在《诗学》中有一处,他好像认为悲剧"以苦难结尾"更好,但是在另一处,他的意见又完全不同,认为"当一个人在不知情的情形下,正要做一件将使他遗恨终生的事时,却认识到了这一点而住手",那才是"最好"的戏剧行动。① 虽然悲剧一般说来以苦难结尾者为多,但亚里士多德似乎并没有一个确定的意见,觉得悲剧就应该以悲哀和痛苦结尾。再看希腊悲剧的实际作品,许多名作与后来如莎士比亚的悲剧就很不一样,并不必然以死亡或灾难结尾。索福克勒斯的《俄狄浦斯王》或埃斯库罗斯的《俄瑞斯忒亚》三部曲,都可以做例证。

与此相关联而且对正义的考虑而言非常重要的一点,是亚里士多德对悲剧主角的看法,他说悲剧人物"陷入困境并不是由于邪恶或腐败,而是由于某种错误"②。亚里士多德所说的"错误"原文是 hamartia,19 世纪很多批评家都把这个词理解为悲剧性的过失或道德上的弱点,于是悲剧就变成好像是应得的惩罚。例如德国批评家格尔维努斯就曾尽力找出莎士比亚悲剧人物道德上的弱点,最后发现他们都有点罪有应得。他说:"如果诗不能展示道德正义驾临一切,那就会把自己降格到比真正的历史更低的地位上。"③ 现代大多数的批评家都拒绝了这样一种道德主义,

---

① Aristotle, *Poetics*, pp. 73, 77.
② Aristotle, *Poetics*, p. 71.
③ Georg Gottfried Gervinus, *Shakespeare Commentaries*, trans. F. E. Bunnett, 2 vols. (London: Smith Elder, 1863), vol. 1, p. 28.

就像弗莱所说那样，把亚里士多德所谓 hamartia 理解为"不一定是做错了事，更不是道德上的弱点，而很可能只是处在暴露位置上的强者"①。弗莱还把他的意思用一个令人印象深刻的意象表现出来："悲剧人物在众人的场景中处于如此至高无上的位置，他们似乎不可避免地成为周围力量的导体，大树比一丛青草更容易被雷电击倒。"②

弗莱这个意象当然有自古希腊伊索以来著名的寓言故事为背景，即在狂风暴雨之中，电闪雷鸣，高大的橡树被雷电击倒，而脚下的芦苇却安然无恙。这个意象也存在于中国古典文学传统中，曹植《野田黄雀行》："高树多悲风，海水扬其波。利剑不在掌，结友何须多？"③ 钱锺书《管锥编》有一段非常有意义的讨论：

> 《运命论》："故木秀于林，风必摧之；堆出于岸，流必湍之；行高于人，众必非之。"按即老子所谓"高者抑之，有余者损之"（参观《周易》卷论《系辞》之八），亦即俗语之"树大招风"。白居易《续古诗》之四："雨露长纤草，山苗高入云；风雪折劲木，涧松摧为薪。风摧此何意？雨长彼何因？百丈涧底死，寸茎山上春。可怜苦节士，感此涕盈巾！"则谓木被风摧，非缘其高，乃缘其劲，犹西方寓言中芦苇语橡树："吾

---

① Frye, *Anatomy of Criticism*, p. 38.
② Frye, *Anatomy of Criticism*, p. 207.
③ 曹植《野田黄雀行》，见余冠英选注：《三曹诗选》，北京，作家出版社，1957，第 27 页。

躬能曲,风吹不折。"(Je plie et ne romps pas.)①

如果悲剧性在本质上是处于暴露性位置的一种高危之感,处在那样一个位置的悲剧人物在危急动乱的时刻别无选择,不能不首当其冲,那么在东方文学的许多诗歌和戏剧作品里,都充满了这样的悲剧感,虽然在作品的基调上,尤其在结尾,东方文学作品和希腊或曰欧洲文学传统中典型的悲剧都非常不同。

诸如此类的文学理论问题,就最宜于在世界文学的诗学中来探讨,因为从比较和全球的视野里,我们对这些问题的理解,比局限于某一民族文学或地区文学传统的理解,就会全面得多,也深刻得多。例如乔治·拉科夫(George Lakoff)和马克·约翰生(Mark Johnson)合著《我们生活中不可或缺的隐喻》(*Metaphors We Live By*, 1980)一书出版以来,影响所及遍于对比喻、语言和文学研究的各方面,已经形成一个"认知诗学"(cognitive poetics)的新领域,而按照彼得·斯托克维尔的定义,这种诗学完全是"有关文学阅读的研究"②。如果这种新的研究方法能够超越西方语言、文学和文化的界限,在世界文学更为广阔的范围里得到检测和验证,得到进一步的发展,那就会更有意义。世界文学作为一个概念,作为世界不同文学传统经典作品

---

① 钱锺书:《管锥编》,第2版,北京,中华书局,1986,第3册,第1082页。
② Peter Stockwell, *Cognitive Poetics: An Introduction* (London: Routledge, 2002), p. 165.

的综合，还在不断增长发展，世界文学的诗学也是如此。世界文学的诗学将为我们提供最开阔的视野，扩展我们对世界各文学传统重要作品的知识，尤其加深我们在文学理论和文学批评方面的理解和洞见。

七　中国学者对诗学的贡献

中国古代有诗，但没有"诗学"这个说法。对于中国人来说，诗学（poetics）是个新概念，而且是一个舶来的概念。既然如此，我们在讨论中国学者对诗学做出贡献的努力之前，不妨先了解一下诗学在西方的起源。以诗为研究对象最早的理论著作，当是古希腊亚里士多德所著《诗学》。亚里士多德以严密的逻辑建构他的理论体系，他见各种不同体裁的诗都各有可循的规律，于是以诗或文学为研究对象，写了《诗学》一书，就像他认识到世间万物都各循其规律，便以自然事物为研究对象写了《物理学》一样。在他完整的思想体系里，文艺之于《诗学》，就像宇宙中活动的事物之于《物理学》，都是具体材料和普遍理论之关系。认识到这一简单的事实颇为重要，这在下面的讨论中可以看得更明白，不过亚里士多德著《诗学》还有当时更具体的背景，其中重要者就是他的老师柏拉图对诗基本上持否定的看法，所以让我们从柏拉图和亚里士多德对诗之不同看法说起。

1. 作为普遍理论的诗学和非西方传统

公元前5世纪时,希腊哲学的兴起对以荷马为代表的诗之传统权威提出挑战,出现了所谓诗与哲学之争。柏拉图当然站在哲学一边,贬低诗的价值。他明确指出"古来就有哲学与诗之争"①。柏拉图以抽象的理念世界为唯一的真实,以可以感知的现象世界为理念世界之模仿,而诗和艺术模仿可以感知的现象世界,所以他认为那是模仿之模仿,"离真理隔了三层"②。诗不能达于真理,这是第一个基本问题,此外,柏拉图还说人的色欲、愤怒等各种感情冲动有碍理性发展,而诗却"浇灌这类感情",所以"我们不能容许诗进入我们的城邦"③。柏拉图否定诗,要把诗人逐出他的理想国,在西方传统中颇有影响。了解这一点,我们才可以深入认识亚里士多德《诗学》的意义。

亚里士多德并不认同柏拉图以理念世界为唯一真实的看法,认为人能够感知的现象世界就是真实,这就在对真理的认识上,与柏拉图有根本的不同。在亚里士多德看来,模仿自然和人世的诗并没有和真理相隔三层。柏拉图对模仿的理解基本上是简单的反映,就像拿一面镜子到处照出事物的样子,但镜中的事物都是虚像,"这些创造出来的东

---

① Plato, *Republic* x, 607b, *The Collected Dialogues*, p. 832.
② Plato, *Republic* x, 602c, p. 827.
③ Plato, *Republic* x, 606d, 607a, p. 832.

西都不是真实的"①。亚里士多德的看法恰恰相反，他不仅认为诗的模仿未必不真实，而且认为简单机械的模仿只能再现事物表面，反不如诗的虚构可以透过表面现象，揭示事物的本质。诗所表现的固然是具体的人物和情节，但其揭示的意义却超出具体和个别，具有普遍性。下面是《诗学》里很有名的一段话：

> 诗人之功用不是讲述已经发生的事情，而是可能发生的事情，也即根据概然律或必然律可能发生的事情。……历史家讲述已经发生的事情，而诗人则讲述可能发生的事情。因此诗比历史更具哲理，更严肃；诗叙述的是普遍的事物，历史叙述的是个别的事物。②

亚里士多德肯定诗比历史更具哲理，就推翻了柏拉图对诗的贬责，所以《诗学》可以说开始了西方为诗辩护的传统。亚里士多德强调诗具哲理，所讲述的是普遍的事物，就明确指出诗学是关于诗或更广义的文学一些根本问题之理论研究，而有别于对某一作家或作品具体的评论。诗学通过研究具体的诗或艺术作品，得出带普遍意义的文学理论，就像物理学通过研究具体的物理现象，得出关于物理

---

① Plato, *Republic* x, 596d, p. 821.
② Aristotle, *Poetics*, 51b, in *Poetics* with *Tractatus Coislinianus*, reconstruction of *Poetics* II, and the fragments of the *On Poets*, trans. Richard Janko (Indianapolis: Hackett, 1987), p. 12.

世界具普遍意义的科学理论一样。因此,亚里士多德《诗学》虽以讨论古希腊史诗和悲剧为主,但他所著却不是"希腊的诗学",而是普遍的诗学。正如他依据他当时所知和所能观察到的事物做出物理学的推论,却不是"希腊的物理学",而是普遍的物理学。①

明确上面这一点颇为重要,因为理论就其性质而言,应该是普遍的,即所谓放诸四海而皆准。诗学是关于诗或文学的起源、性质、价值以及构成要素等这类根本问题的探讨。这些问题存在于世界不同的文学和文化传统中,不同国家的学者们就都可以从各自的立场和视野出发,利用不同的材料,对普遍的诗学做出贡献。我在前面一章里已经引用过美国比较学者厄尔·迈纳《比较诗学》中的一段话,这里不妨再重复一下这段话。他主张诗学是全球性的,应该在全世界不同的文化传统中来讨论,而不能以西方诗学为唯一的依据,所以他说:"只考察一个文化传统的诗学,无论其多么复杂、精巧或丰富,都只是在调查一个思想的宇宙。而考察其他各种诗学就必然去探究文学各个不

---

① 亚里士多德最早写出研究自然现象的《物理学》(*Physics*)一书,虽然他的物理学理论与现代物理学已完全不同,而且以伽利略为代表的早期现代物理学正是在批判亚里士多德的物理学当中形成的,但正如研究此问题的学者皮埃尔·佩勒革兰所说:"古人由他们的物理学研究形成一些认识原理,而没有这样的原理,现代科学尤其是物理学就不可能存在。""在斐洛坡努斯(Philoponus)与伽利略之间并没有理论上的连续性,但如果没有斐洛坡努斯及其盟友和论敌对亚里士多德物理学的重新阐发,伽利略就不可能有任何成就。"见 Pierre Pellegrin, "Physics," trans. Selina Stewart and Jeannine Puccci, in Jacques Brunschwig and Geoffrey E. R. Lloyd (eds.), *The Greek Pursuit of Knowledge* (Cambridge, Mass.: Harvard University Press, 2003), pp. 282, 299。

同宇宙全部的内容,去探究有意识的全部论述。"我在上一章里也说:"尽管我们充分承认亚里士多德《诗学》是我们所做工作的经典范例,我们却需要超越希腊和亚里士多德的传统。"所以除亚里士多德《诗学》和西方其他一些论著以外,我也尽量采用中国、印度、阿拉伯等不同文学批评传统提供的资源,讨论诸如诗的起源与功用、阅读、灵感、文学语言、诗人的才能与修养、戏剧表现、悲剧性等具普遍性的问题。中国文学历史悠久,有极为丰富的作品,也有历代的诗文评,所以中国学者完全可以利用自己文学传统的丰富材料,对普遍的诗学做出理论上的贡献。

然而近两百多年以来,西方在政治、经济、军事各方面都处于强势,西方文学和文学理论也处于强势,于是许多非西方学者包括中国学者都感到西方强势文化的压力,希望摆脱这种压力而独辟蹊径,建立自己的一套理论。这样的心情完全可以理解,但这样的努力却少有显著成果,这是何故呢?其实理论就其性质而言,应该是普遍的,无论讨论的具体作品和材料来自希腊、中国、法国、印度或别的什么文学传统,其理论概念都应该普遍适用,放诸四海而皆准。强调自己研究的<u>独特性</u>,恰好限制了自己在学术上的普遍意义,而生怕他人影响自己,强调自己独特,反映出的恰好是缺乏文化自信,是处于劣势者的一种复杂心态。清末民初一些旧派文人,就常常抱有这种心态。钱锺书先生曾经讲过他一段有趣的经历,即在20世纪30年代,他在苏州拜访陈衍先生,他说陈先生知道他懂外文,即将去国外留学,"但不知道我学的专科是外国文学,以为准是理工或法政、经济之类有实用的科目。那一天,他查问明白了,就慨叹说:'文学又何必向外国去学呢!咱们中国文学不就很好么?'"钱锺书不好与老辈争辩,就抬出陈先生的朋友林纾来躲闪,说是读了林译的外国小说,便对外国文学产生了兴趣。陈衍先生听后感叹道:"这事做颠倒了!琴南如果知道,未必高兴。你读了他的翻译,应该进而学他的古文,怎么反而向往外国了?琴南岂不是'为渊驱鱼'么?"① 以为文学总是自己的好,西方人似乎没有文学甚至文化,这就是一种奇怪而复杂的心态。② 钱锺书在这里加了一个很有意思的注:

> 好多老辈文人有这种看法,樊增祥的诗句足以代表:"经史外添无限学,欧罗所读是何诗?"(《樊山续集》卷二四《九叠前韵书感》)他们不得不承认中国在科学上不如西洋,就把文学作为民族优越感的根

---

① 钱锺书:《林纾的翻译》,《七缀集》,第 87 页。《林纾的翻译》写于 1963 年,钱先生在文中回忆说,他见陈衍先生并与之"长谈"的时间,"不是一九三一,就是一九三二年"。但据 1996 年出版记叙钱锺书与陈衍谈话的《石语》,明确记载那次谈话是"民国二十四年五月十日",即 1935 年 5 月。如果钱先生说的"长谈"即《石语》所载的谈话,那么他们见面的时间应该是 1935 年 5 月,即在钱锺书即将负笈英伦、游学牛津之前。
② 之所以说这是一种"奇怪而复杂的心态",是因为陈衍先生赞赏钱锺书的诗,正因为他知道钱锺书眼界开阔,懂外国语言文字。他为钱锺书年轻时的诗集序作,其中有这样几句话:"三十年来,海内文人治诗者众矣,求其卓然独立自成一家者盖寡。何者? 治诗第于诗求之,宜未尽尔尔也。默存精外国语言文字,强记深思,博览载籍,文章渊雅,不屑屑枵然张架子。"参见钱锺书:《石语》,北京,中国社会科学出版社,1996,第 47—48 页。

据。……看来其他东方古国的人也抱过类似态度,龚古尔(Edmond de Goncourt)就记载波斯人说:欧洲人会制钟表,会造各种机器,能干得很,然而还是波斯人高明,试问欧洲也有文人、诗人么(si nous avons des littérateurs, des poètes)?①

也正是在这种境况中,钱锺书对翻译了近两百部西洋小说的林纾,尽管批评他不懂外文而难免闹出笑话,却也充分肯定他在打开国人眼界方面做出的重大贡献。钱锺书说读林译小说是他"十一二岁时的大发现,带领我进了一个新天地,一个在《水浒》《西游记》《聊斋志异》以外另辟的世界"②。在前面提到那个注里,他还说比较起对西方文学一无所知的许多旧派文人,"林纾的识见超越了比他才高学博的同辈"③。自林纾的时代以来,在不过一百多年的时间里,中国人对西方包括对西方文学的了解都有了长足的进步,尤其在最近数十年里,中国在经济发展方面突飞猛进,取得惊人的成就,在文化方面自然也增强了自信。我们现在来讨论中国学者如何对诗学做出贡献,可以说恰逢其时。在这方面,一些学界前辈已经为我们树立了很好的典范,可以启发我们,让我们在继承前人的成就之上,做更进一步的努力。在这里就以我有幸认识而且比较熟悉

---

① 钱锺书:《林纾的翻译》,《七缀集》,第98页。
② 钱锺书:《七缀集》,第70页。
③ 钱锺书:《七缀集》,第98页。

的朱光潜和钱锺书两位先生为例,来讨论中国学者如何建构既有中国特色又具有普遍意义的诗学理论。

2. 略论朱光潜《诗论》

朱光潜先生是中国现代美学的开拓者、奠基者,也是著名的翻译家。他一生的研究著述极富,又翻译了从柏拉图《文艺对话集》、黑格尔《美学》到维柯《新科学》等一系列西方美学和文艺理论的重要经典。他思想十分清晰,文笔优美而流畅,所以他的著作对好几代读者都产生过很大影响,从《给青年的十二封信》《谈美》《悲剧心理学》《文艺心理学》《变态心理学》《西方美学史》直到晚年的《谈美书简》和《美学拾穗集》,每发表一部专著,都受到学界重视和众多读者欢迎。朱先生晚年谈及自己的研究著述,认为初版于 1943 年的《诗论》最能代表他的研究心得。在此书 1984 年重版的后记里,朱先生说:"在我过去的写作中,自认为用功较多,比较有点独到见解的,还是这本《诗论》。我在这里试图用西方诗论来解释中国古典诗歌,用中国诗论来印证西方诗论;对中国诗的音律、为什么后来走上律诗的道路,也做了探索分析。"[①] 朱先生没有中西对立的观念,认为西方的诗论和中国古典诗歌的传统

---

① 朱光潜:《诗论》,北京,生活·读书·新知三联书店,1984,第 382 页。

可以互相阐发，互为印证。我们再仔细看这本书的内容，就更可以知道这样跨越语言文化的障碍来讨论诗歌，如何可以对普遍的诗学做出贡献。

《诗论》开篇讨论诗的起源问题，认为从历史文献或考古发掘去寻找最早的诗什么时候产生，都往往事倍功半，因为证据不可靠，而且常被新的发现推翻。朱先生认为，更有意义的是从心理学的角度去讨论诗的产生，并且指出这是中国诗论历来占主导地位的意见。他先引《虞书》"诗言志，歌永言"，又引《诗·大序》"在心为志，发言为诗。情动于中而形于言，言之不足，故嗟叹之；嗟叹之不足，故永歌之；永歌之不足，不知手之舞之，足之蹈之也"。再引朱熹阐发此看法的一段话，然后说："人生来就有情感，情感天然需要表现，而表现情感最适当的方式是诗歌，因为语言节奏与内在节奏相契合，是自然的，'不能已'的。"[①] 朱先生把中国古代"情动于中而形于言"这一理论，与希腊人的"模仿论"相对比，一是以诗为表现内在的情感，一是以诗为再现外在事物的印象，这就在亚里士多德《诗学》关于模仿的理论之外，增加了另一种看法，也就对诗的起源问题，做出了新的理论贡献。朱先生还讨论了诗与乐、舞同源，后来才逐渐分离，讨论民谣不同版本反映出同一歌谣在不同地区流传而变化，以欧美关于歌谣的研究和中国学者周作人、朱自清、董作宾等人收集的民谣以

[①] 朱光潜：《诗论》，第8页。

及明清以来流传的歌谣相比较,不仅非常有趣,而且以活泼生动的民歌启发我们对诗之产生和流传,有颇为亲切的体会。

朱先生《诗论》中很有特色的一点,是引入西方文艺理论观念,参与中国文学批评中一些有争议问题的讨论,由此而丰富这些理论问题的探讨,同时也是对普遍意义的诗学做出贡献。例如讲诗的境界问题,朱先生就对王国维先生很有影响的《人间词话》中的相关论述,提出不同看法,展开很有意义的讨论。王观堂先生在《人间词话》里,提出"隔"与"不隔"两个概念:

> 问"隔"与"不隔"之别,曰:陶谢之诗不隔,延年则稍隔矣。东坡之诗不隔,山谷则稍隔矣。"池塘生春草""空梁落燕泥"等二句,妙处唯在不隔。词亦如是。即以一人一词论,如欧阳公《少年游》咏春草上半阕云:"阑干十二独凭春,晴碧远连云。千里万里,二月三月,行色苦愁人。"语语都在目前,便是不隔。至云"谢家池上,江淹浦畔",则隔矣。①

朱光潜首先肯定,王国维在此"指出一个前人未曾道破的分别,却没有详细说明理由"②。朱先生据意大利美学

---

① 况周颐、王国维:《蕙风词话·人间词话》,北京,人民文学出版社,1982,第210—211页。
② 朱光潜:《诗论》,第70—71页。

家克罗齐的理论,以审美观照必有情与景之融合,来讨论王国维提出的隔与不隔。他说:"情景相生而且相契合无间,情恰能称景,景也恰能传情,这便是诗的境界。每个诗的境界都必有'情趣'(feeling)和'意象'(image)两个要素。'情趣'简称'情','意象'即是'景'。"[1] 朱光潜先生便用这样的观念来看隔与不隔:

> 情趣与意象恰相熨帖,使人见到意象,便感到情趣,便是不隔。意象模糊零乱或空洞,情趣浅薄或粗疏,不能在读者心中现出明了深刻的境界,便是隔。比如"谢家池上"是用"池塘生春草"的典,"江淹浦畔"是用《别赋》"春草碧色,春水绿波,送君南浦,伤如之何"的典。谢诗江赋原来都不隔,何以入欧词便隔呢?因为"池塘生春草"和"春草碧色"数句都是很具体的意象,都有很新颖的情趣。欧词因春草的联想,就把这些名句硬拉来凑成典故,"谢家池上,江淹浦畔"二句,意象既不明晰,情趣又不真切,所以隔。[2]

经朱光潜先生这样解释,我们就明白王国维所说的隔,就是意象不清晰,不能充分传达情趣。欧词上半阕描述春草,十分生动,历历如在目前,但后面用典故,就失去生

---

[1] 朱光潜:《诗论》,第66页。
[2] 朱光潜:《诗论》,第71页。

动的意象，所以产生隔的感觉。但中国古诗词经常用典，不能说用典就一定会隔。朱先生认为王国维说隔是"雾里看花"，不隔是"语语都在目前"，似太偏重诗的"显"，而忽略了诗也有"隐"的方面。他说："显则轮廓分明，隐则含蓄深永，功用原来不同。……写景不宜隐，隐易流于晦；写情不宜显，显易流于浅。"① 这的确是值得考虑的一点。其实王观堂也深知情与景未可截然划分，《人间词话》原稿有一则云："昔人论诗词，有景语、情语之别。不知一切景语，皆情语也。"不过在后来出版的版本中，此则已放在《人间词话删稿》部分。②

讲到诗词的境界，王国维在《人间词话》中提出"有我之境"与"无我之境"这两个有名的概念：

> 有有我之境，有无我之境。"泪眼问花花不语，乱红飞过秋千去。""可堪孤馆闭春寒，杜鹃声里斜阳暮。"有我之境也。"采菊东篱下，悠然见南山。""寒波澹澹起，白鸟悠悠下。"无我之境也。有我之境，以我观物，故物皆著我之色彩。无我之境，以物观物，故不知何者为我，何者为物。古人为词，写有我之境者为多，然未始不能写无我之境，此在豪杰之士能自树立耳。③

---

① 朱光潜：《诗论》，第72页。
② 王国维：《人间词话》，第225页。
③ 王国维：《人间词话》，第191页。

按观堂先生的意思,花本是自然之物,而"泪眼问花花不语",是诗人把花拟人化(personification),似乎期待花可以同情人的哀伤而言语,这完全是从人出发的主观看法,所以是有我之境。诗人"采菊东篱下",所见的南山是自在之物,与人无涉。涌起之"寒波"与飞翔之"白鸟"亦如是,所以是无我之境。不过他也意识到诗总是人的创造,所以无我之境不可能完全没有自我,只是"不知何者为我,何者为物",即是物我两忘的境界。朱光潜先生对此有不同看法,他认为王国维解释有我之境,说是"以我观物,故物皆著我之色彩",并举"泪眼问花花不语"为例,都是典型的"移情作用",即把人的感情投射到外物上面去。然后朱先生说:

> 移情作用是凝神注视、物我两忘的结果,叔本华所谓"消失自我"。所以王氏所谓"有我之境"其实是"无我之境"(即忘我之境)。他的"无我之境"的实例为"采菊东篱下,悠然见南山""寒波澹澹起,白鸟悠悠下",都是诗人在冷静中所回味出来的妙境(所谓"于静中得之"),没有经过移情作用,所以实是"有我之境"。①

如果移情就是我上面提到的拟人化,即把人的思想感

---

① 朱光潜:《诗论》,第74页。

情投射到非人的事物上面去，那么移情就带有很强的主观色彩，即王国维所谓"以我观物，故物皆著我之色彩"，那不是忘我，也更不是叔本华所谓"消失自我"。在这一点上，朱先生对王观堂的批评似乎不很妥当。但他批评王国维视"无我之境"高于"有我之境"，唯"豪杰之士"能为之，则是有道理的。朱先生提到，英国批评家罗斯金（Ruskin）注重理性，认为移情是"情感的错觉"（pathetic fallacy），就近于王国维的看法。但朱先生说："抽象地定衡量诗的标准总不免有武断的毛病。'同物之境'和'超物之境'各有胜境，不易以一概论优劣。"[①] 这是很公平的意见。朱先生举了许多中国古典诗词的例子来支撑他的论述，我在此不能也不必重复那些例证，但我们如果细读朱光潜先生的《诗论》，就可以看出他如何在中西比较之中，使用中国古典文学的材料，讨论带普遍性的诗学问题，加深我们对一些重要理论概念的理解。

关于文体和音律的变化，朱光潜的看法和王国维相当一致。王国维说：

> 四言敝而有《楚辞》，《楚辞》敝而有五言，五言敝而有七言，古诗敝而有律绝，律绝敝而有词。盖文体通行既久，染指遂多，自成习套。豪杰之士，亦难于其中自出新意，故遁而作他体，以自解脱。一切文

[①] 朱光潜：《诗论》，第76页。

体所以始盛终衰者,皆由于此。故谓文学后不如前,余未敢信。①

朱光潜《诗论》也说,诗的音律在各国文学中都有变化,即以中国为例:

> 由四言而五言,由五言而七言,由诗而赋而词而曲而弹词,由古而律,后一阶段都不同于前一阶段,但常仍有几分是沿袭前一阶段。……诗的音律有变的必要,就因为固定的形式不能应付生展变动的情感思想。……不过变必自固定模型出发,而变来变去,后一代的模型与前一代的模型仍相差不远,换句话说,诗还是有一个"形式"。②

文学体裁的变化,是讨论文学史的重要问题,在这个问题上,王国维和朱光潜两位的看法大体一致,都强调文学语言和形式本身有其内在发展的规律。

《诗论》中有一篇谈德国学者莱辛的名著《拉奥孔》论诗与画之异同,十分重要。无论中国还是西方,历来都强调诗画同源,莱辛则指出诗为时间艺术,在语言叙述中表现一个动态的过程,而画或雕塑则是空间艺术,只能表现一个静态的瞬间。朱光潜先生认为莱辛有三点贡献。第一,

---

① 况周颐、王国维:《蕙风词话・人间词话》,第218页。
② 朱光潜:《诗论》,第157页。

"他很明白地指出以往诗画同质说的笼统含混。……从他起,艺术在理论上才有明显的分野"。第二,"他在欧洲是第一个人看出艺术与媒介(如形色之于图画,语言之于文学)的重要关联"。第三,"莱辛讨论艺术,并不抽象地专在作品本身着眼,而同时顾到作品在读者心中所引起的活动和影响"。① 但朱先生对莱辛也提出几点批评。第一,莱辛固守希腊人艺术为模仿的观念,完全奉亚里士多德《诗学》为圭臬,但"亚里士多德所讨论的诗偏重戏剧与史诗,特别注重动作,固无足怪;近代诗日向抒情写景两方面发展,诗模仿动作说已不能完全适用"。第二,莱辛虽注意到艺术对读者的影响,但"对于作品与作者的关系则始终默然"。第三,莱辛对艺术的见解实在是"一种粗浅的写实主义。……他以为艺术美只是抄袭自然美。不但如此,自然美仅限于物体美,而物体美又只是形式的和谐"②。莱辛这个看法也许受康德影响,因为康德认为自然美与道德观念相联系,高于艺术美。康德在《判断力批判》中说"对自然美产生直接的兴趣,永远是一个善良者的标记",而且又明确说"自然美高于艺术美"。③ 这一看法在莱辛之后的19世纪发生了很大变化,黑格尔就改变了这一看法。到了20世纪,伽达默尔在《真理与方法》里也针对康德这一说法

---

① 朱光潜:《诗论》,第196—197页。
② 朱光潜:《诗论》,第198页。
③ Immanuel Kant, *Critique of Judgment*, trans. Werner S. Pluhar (Indianapolis: Hackett, 1987), §42, pp. 165, 166. 康德这一说法和他的相关论述,让人想到《论语·雍也》"知者乐水,仁者乐山"这句话,但在此不能详述,应留待别的场合再做讨论。

提出批评说：

> 我们也可以反过来论说。自然美高于艺术美不过是自然美不能做出明确表述的另一面。于是我们可以反过来，认为艺术高于自然美就在于艺术语言可以清楚表述，而不是随人的心情起伏可以自由而不确定地去做各种解释，却是以有确定意义的方式对我们说话。艺术之神妙又在于这种确定性绝不会限制我们的头脑，却在事实上打开发挥的空间，让我们的认知能力可以自由发挥的空间。①

朱光潜先生承认诗和画都有自身媒介的限制，但艺术的成功往往就在克服媒介限制的困难。他说："形色有形色的限制，而图画却须寓万里于咫尺；语言有语言的限制，而诗文却须以有尽之言达无穷之意。"② 朱先生说莱辛以画为模仿自然，但"中国人则谓'古画画意不画物''论画以形似，见与儿童邻'"。莱辛以画表现一瞬，必为静态，但"中国画家六法首重'气韵生动'"。③ 莱辛以诗为行动之模仿，是动态的，但朱先生说："中国诗，尤其是西晋以后的诗，向来偏重景物描写，与莱辛的学说恰相反。"朱先生举出许多例证，从王维的"大漠孤烟直，长河落日圆"和范

---

① Gadamer, *Truth and Method*, pp. 51–52.
② 朱光潜：《诗论》，第201页。
③ 朱光潜：《诗论》，第202页。

仲淹的"碧云天，黄叶地，秋色连波，波上寒烟翠"，到马致远那首著名的小令《天净沙·秋思》"枯藤老树昏鸦，小桥流水人家，古道西风瘦马，夕阳西下，断肠人在天涯"，说明中国诗人这些作品都在写景，"而且都是用的枚举的方法，并不曾化静为动，化描写为叙述"，却都是好诗，能够"在读者心中引起很明晰的图画"。[①] 在此我们可以明显看出，朱光潜先生以中国文学的丰富例证，纠正或补充了莱辛那部名著的不足，从而对普遍的诗学做出贡献。

《诗论》还有很多其他章节值得我们仔细阅读和学习。我认为书中最后讨论陶渊明的一章，写得非常精彩。朱先生从渊明的诗文里找出线索，勾勒出生活在一千五百多年前这位大诗人一生际遇，描述得亲切生动而且言之有据，可见朱先生对陶渊明作品十分熟悉。谈到陶渊明的思想，朱先生认为他既有儒家和道家思想，又有佛教因素，但作为极有灵性的诗人，他对天地自然和人生物理的领悟，却不必有系统性，而是"理智渗透情感所生的智慧"，是一种"物我默契的天机"。谈到陶渊明的感情生活，朱先生也认识到其复杂性，他说：

> 他和我们一般人一样，有许多矛盾和冲突；和一切伟大诗人一样，他终于达到调和静穆。我们读他的诗，都欣赏他的"冲澹"，不知道这"冲澹"是从几许

[①] 朱光潜：《诗论》，第 203—204 页。

辛酸苦闷得来的,他的身世如我们在上文所述的,算是饱经忧患,并不像李公麟诸人所画的葛巾道袍,坐在一棵松树下,对着无弦琴那样悠闲自得的情境。①

朱光潜佩服陶渊明的"调和静穆",但这并不是"悠闲自得"那种理想中隐士的高雅,所以他也谈到陶渊明生活的窘迫穷困,躬耕田畴之劳苦,以及他在晋宋之变混乱险恶的政治环境里,无力改变世局而退居田园,以酒浇愁的无奈。朱先生说:"他厌恶刘宋是事实,不过他无力推翻已成之局,他也很明白。所以他一方面消极地不合作,一方面寄怀荆轲、张良等'遗烈',所谓'刑天舞干戚',虽无补于事,而'猛志固常在'。渊明的心迹不过如此,我们不必妄为捕风捉影之谈"。② 鲁迅先生在一篇杂文里,曾经点名批评朱光潜赞赏陶渊明之"静穆",认为那是"摘句"的毛病,并且针锋相对地说:"历来的伟大的作者,是没有一个'浑身是"静穆"'的。陶潜正因为并非'浑身是"静穆",所以他伟大'。现在之所以往往被尊为'静穆',是因为他被选文家和摘句家所缩小,凌迟了。"在这篇文章开头,鲁迅还有论陶渊明很著名的一段话:

被选家录取了《归去来辞》和《桃花源记》,被论客赞赏着"采菊东篱下,悠然见南山"的陶潜先生,

---

① 朱光潜:《诗论》,第353页。
② 朱光潜:《诗论》,第357页。

在后人的心目中，实在飘逸得太久了，但在全集里，他却有时很摩登。……就是诗，除论客所佩服的"悠然见南山"之外，也还有"精卫衔微木，将以填沧海，刑天舞干戚，猛志固常在"之类的"金刚怒目"式，在证明着他并非整天整夜的飘飘然。这"猛志固常在"和"悠然见南山"的是一个人，倘有取舍，即非全人，再加抑扬，更离真实。①

鲁迅先生最后这句话当然正确，但朱光潜论陶渊明，从我们前面所引的几段话可以看出，并没有把这位诗人描述为"整天整夜的飘飘然"，而且也谈到了"刑天舞干戚，猛志固常在"这些诗句，只是解释得和鲁迅的意思不一样。鲁迅是思想极为深刻的人，我也很喜爱他的杂文，但鲁迅在这里的批评却并不公允，而且恰好犯了"摘句"的毛病，不过不是摘取诗人的文句，而是为了突出陶潜像一个"勇士"而能"战斗"，有所选择地摘取朱光潜的文字，未免有断章取义之嫌。我们讨论任何诗文，当然要从全篇、全集甚至诗人的一生经历和时代环境来考虑，不能抓住一点，不及其余。在评论作品时，也当然要摘引文本字句以为例证。所以问题不在"摘句"，而在"摘句"呈现出来的诗和诗人之形象，是否接近于真实而不是偏枯和歪曲。朱光潜先生论陶渊明，正因为摘引大量不同内容、表现诗人思想

---

① 鲁迅：《"题未定"草》，见《且介亭杂文二集》，《鲁迅全集》，北京，人民文学出版社，1981，第6卷，第430、422页。

情感不同方面的文本例证，所以很有说服力。我们如果强调"刑天舞干戚"，把它视为理解陶诗的主要方面，却不去探究《归去来辞》和《桃花源记》，也不谈"采菊东篱下，悠然见南山"，那就会是更严重的偏枯和歪曲。在我看来，朱光潜先生《诗论》中讨论陶渊明的一章，涉及诗人及其作品和时代的方方面面，描绘出了大部分读者读陶诗的感觉和印象，可以引导我们全面地去理解中国古代这位伟大的诗人。

3. 略论钱锺书《七缀集》

钱锺书生活在 20 世纪，但他的研究论著《谈艺录》和《管锥编》都是用典雅的文言写成，其论述也没有采用现代学术论文的写作形式，却接近于中国古代笔记或语录体那种片段式的写法。他使用的语言和写作形式本身便体现出中国传统的特色。而且钱锺书还针对西方典型的系统论述，特别告诫读者：大部头的系统理论著作未必就能给人相应的收获，"倒是诗、词、随笔里，小说、戏曲里，乃至谣谚和训诂里，往往无意中三言两语，说出了精辟的见解，益人神智；把它们演绎出来，对文艺理论很有贡献"[①]。他以高大的建筑作比，说坍塌了的建筑，架子没用了，剩下有

---

① 钱锺书：《读〈拉奥孔〉》，《七缀集》，第 29 页。

用的只是些木石砖瓦；同样，庞大的思想体系崩溃了，剩下有价值的也只是一些片段思想。他说："脱离了系统而遗留的片段思想和萌发而未构成系统的片段思想，两者同样是零碎的。眼里只有长篇大论，瞧不起片言只语，甚至陶醉于数量，重视废话一吨，轻视微言一克，那是浅薄庸俗的看法——假使不是懒惰粗浮的借口。"这不仅是为中国传统文论较少大部头的著作和周密的体系做辩护，更重要的是启发研究者重视文本细节，哪怕是"三言两语"，只要有"精辟的见解，益人神智"，其价值就并不亚于系统论述。钱先生举出具体例子，说法国哲学家狄德罗《关于戏剧演员的诡论》这本书，其反复论述的要旨归结起来，就是戏剧演员必须保持自己内心冷静，才可能做出各种激情洋溢的表演，这本书提出的系统理论很有名，而"中国古代民间的大众智慧也觉察那个道理，简括为七字谚语：'先学无情后学戏'"。[①]另外还有一个例子是《管锥编》论《老子》四〇章"反者道之动"一节，钱锺书对老子这句话评价极高，认为这"反"字兼有正反二义："故'反（返）'，于反为违反，于正为回反（返），黑格尔所谓'否定之否定'（Das zweite Negative, das Negative des Negation, ist jenes Aufheben des Widerspruchs），理无二致也。"钱先生又引黑格尔关于辩证法之种种论述，然后总结说：黑格尔鸿篇巨制，"数十百言均《老子》一句之衍义"[②]。但我们看钱锺书

---

① 钱锺书：《七缀集》，第30页。
② 钱锺书：《管锥编》，第2册，第446页。

的著作，他对柏拉图、亚里士多德以降，经康德、黑格尔直到俄国形式主义、捷克结构主义和当代西方各种重要的文学和哲学理论，都非常熟悉，可见他并非不重视西方系统理论著述；恰恰相反，他不仅重视，而且熟知其中重要的思想，并在写作中大量引用，将之与中国传统经典的思想两相比较，相互发明。钱锺书先生曾多次对我说，要多读"大经大典"，因为从中西传统的经典著作中，我们能够得益最多，启发我们深入思考，也才有可能由此对普遍的诗学理论做出贡献。

与《谈艺录》和《管锥编》不同，钱锺书的《七缀集》是用白话文写成，在形式上也更接近现代学术论文的写法。我在此就主要以《七缀集》为讨论对象，看钱先生如何吸取中国文学深厚的传统资源，又广泛涉及西方各种文本，对普遍性的诗学做出他独特的贡献。在前面我已提到《林纾的翻译》一篇，其论述不只在评论林纾翻译的得失，而且就翻译概念本身做了非常精辟的论述。文章以《说文解字》很有趣的训诂开始，指出中国古人把"囮"字，即捕鸟的"鸟媒"，解释为"译"，理解为与"诱""讹""化"等字相关。钱锺书说，这几个相关的意义：

> 把翻译能起的作用（"诱"）、难于避免的毛病（"讹"）、所向往的最高境界（"化"），仿佛一一透示出来了。文学翻译的最高理想可以说是"化"。把作品从一国文字转变成另一国文字，既能不因语文习惯的

差异而露出生硬牵强的痕迹，又能完全保存原作的风味，那就算得入于"化境"。十七世纪一个英国人赞美这种造诣高的翻译，比为原作的"投胎转世"（the transmigration of souls），躯体换了一个，而精魂依然故我。换句话说，译本对原作应该忠实得以至于读起来不像译本，因为作品在原文里绝不会读起来像翻译出的东西。①

我们只要把这段话与西方翻译研究中一些流行的概念相比，就可以意识到钱先生对翻译的理解和论述，无论其合理性还是对翻译实践的指导意义，都远远超过那些流行的概念。西方翻译研究往往从后现代或后殖民主义理论出发，强调"异化"，贬低可读性高、文气通畅、语言明白晓畅的翻译，斥之为"归化"，甚至强调语言之间根本的"不可译性"及文化之间概念上的"不可通约性"等等。这类理论空谈既脱离文学翻译的实际，在理论本身也往往站不住脚，而钱锺书提出翻译的"化境"，就可以帮助我们重新思考文学翻译问题，纠正那些空洞概念的弊病。

钱锺书先生在他的著作里，大量引用英、法、德、意、西、拉丁等不同语言的文本例证，有很多从事翻译的实践。在《一节历史掌故、一个宗教寓言、一篇小说》里，钱先生发现西晋竺法护所译《生经》里的《舅甥经》与古希腊

---

① 钱锺书：《七缀集》，第67页。

历史家希罗多德《史记》里所讲一节掌故,以及意大利文艺复兴时期作家邦戴罗的一篇小说,叙述的是同一个故事。钱先生模仿佛经文体翻译了希罗多德的掌故,通篇四字一句,读来真像是佛经而又明白晓畅,再用明快的现代白话翻译了邦戴罗的小说,并对这几种文本做了十分中肯而又饶有趣味的评论。相比之下,《生经》叙述故事松散,语言枝蔓繁芜,钱先生评得也很幽默而精彩:

> 三篇相形之下,佛讲故事的本领最差,拉扯得最啰嗦,最使人读来厌倦乏味。有不少古代和近代的作品,读者对它们只能起厌倦的感觉,不敢做厌倦的表示。但是,我相信《生经》之类够不上特殊待遇,我们还不必就把厌倦当作最高的审美享受和艺术效果。[①]

钱先生还补充了一句:"中世纪哲学家讲思想方法,提出过一条削繁求简的原则,就是传称的'奥卡姆的剃刀'(Occam's razor)。对于故事的横生枝节,这个原则也用得上。和尚们只有削发的剃刀,在讲故事时都缺乏'奥卡姆的剃刀'。"[②] 这里展现出思想之敏捷和语言之精妙,还有含义颇深的幽默,都是很具个性的钱锺书先生文字的风格。

关于翻译,《七缀集》还有讨论美国诗人朗费罗《人生颂》在清末译成中文的前前后后,但那篇文章,如钱先生

---

① 钱锺书:《七缀集》,第152页。
② 钱锺书:《七缀集》,第153页。

自己所说，本来是他"计划写一本论述晚清输入西洋文学的小书"① 之一部分。钱先生在给我的一封信里曾说过："宿愿中之著作，十未成一。"② 可惜这本论述晚清输入西洋文学的书，并没有写出来，看来就在这"十未成一"的著作当中了，但这篇文章却可以让我们瞥见晚清的境况，不仅涉及翻译史，更是文化史和社会史，用极为丰富的材料描绘出晚清对西方之懵然无知，许多事例现在读起来，都令人觉得可怪可笑，也可以由此见出这一百多年来，中国发生了怎样翻天覆地的变化。

钱锺书在《七缀集》里，也有一篇文章论莱辛的名著《拉奥孔》，引了许多例子说明不仅诗的语言描述的动态难以用绘画或雕塑表现（如嵇康的两句诗，画家顾恺之就意识到"画'手挥五弦'易，'目送归鸿'难"），而且语言可以描述的"其他像嗅觉（'香'）、触觉（'湿''冷'）、听觉（'声咽''鸣钟作磬'）的事物，以及不同于悲、喜、怒、愁等有显明表情的内心状态（'思乡'），也都是'难画''画不出'的，却不仅是时间和空间问题了"。③ 比喻是作家和诗人所擅长，而比喻的原则是两事物正在似与不似之间，就不可能画出。元好问的诗句"骇浪奔生马，荒山卧病驼"，使人想象大浪和荒山的姿态，非常妥帖，但如果画家把诗里的比喻坐实，画成马或骆驼，那就不是描绘山

---

① 钱锺书：《七缀集》，第117页。
② 钱锺书先生1980年6月11日给我的私人信函。
③ 钱锺书：《七缀集》，第33—34页。

水,"就算不得《云山图》,至多只是《畜牧图》了"①。

不过钱锺书最终突出的是莱辛一个非常重要的概念,即艺术表现应该选择"最耐寻味和想象的那'片刻'(Augenblick)",那是高潮将至而尚未至的片刻,"仿佛妇女'怀孕'(prägnant),它包含此前种种,蕴蓄以后种种"。② 钱先生指出,莱辛讲绘画和雕塑的这个概念,即"'富于包孕的片刻'那个原则,在文字艺术里同样可以应用"。③ 他举出丰富的例证,说明中国古人早已认识而且应用了这个原则。其中令人印象特别深刻的,是金圣叹评点中《读法》第一六则:"文章最妙,是目注此处,却不便写,却去远远处发来。迤逦写到将至时,便又且住。如是更端数番,皆去远远处发来,迤逦写到将至时,即便住,更不复写目所注处,使人自于文外瞥然亲见。"④ 情节发展至紧要处,故意按住不表,章回小说"欲知后事如何,且听下回分解"的公式,西方小说、诗歌和戏剧作品类似的手法,都是"富于包孕的片刻"之变体。钱锺书先生最后总结说:"这种手法仿佛'引而不发跃如也''盘马弯弓惜不发'。……莱辛讲'富于包孕的片刻',虽然是为造型艺术说法,但无意中也为文字艺术提供了一个有用的概念。"⑤ 钱锺书先生作文的特点,就是大量引用古今中外各种文本

---

① 钱锺书:《七缀集》,第40页。
② 钱锺书:《七缀集》,第41页。
③ 钱锺书:《七缀集》,第43页。
④ 钱锺书:《七缀集》,第44页。
⑤ 钱锺书:《七缀集》,第48页。

的具体例证，左右逢源，信手拈来，使理论的阐述毫不空疏枯燥，却具有极强的说服力。

莱辛的《拉奥孔》区分诗与画，而《七缀集》里的第一篇文章《中国诗与中国画》，则更具体在中国传统的诗文评和画评中，做出细致的区分。和西方一样，中国也历来有"书画同源""诗是有声画，画是无声诗"之类说法。但钱先生说："诗和画既然同是艺术，应该有共同性；它们并非同一门艺术，又应该各具特殊性。它们的性能和领域的异同，是美学上重要理论问题。"① 在《中国诗与中国画》这篇文章里，钱先生仔细辨析的是，虽然有所谓"诗画本一律"的说法，但中国传统诗评和传统画评实际上却并不一致。明人董其昌把唐以来的绘画分为南北二宗，而传统上以南画为正宗，以王维为创始人，且南宗画和南宗禅一样，其原则"也是'简约'，以经济的笔墨获取丰富的艺术效果，以减削迹象来增加意境"②。司空图《诗品·冲淡》云"素处以默，妙机其微。……脱有形似，握手已违"，几乎就是在描绘南宗画风了。《含蓄》云"不著一字，尽得风流。语不涉己，若不堪忧"，更突出以萧简之笔墨，具暗示性之语言，创造最丰富的诗境。③ 不过《诗品》毕竟有二十四品，并未一味突出简约，但后来强调清通简约的一派，在中国旧诗传统里，就可以用清人王士禛主导的"神韵派"

---

① 钱锺书：《七缀集》，第6页。
② 钱锺书：《七缀集》，第10页。
③ 司空图、袁枚著，郭绍虞集解与辑注：《诗品集解·续诗品注》，第5—6页、第21页。

为代表。王士禛编《唐贤三昧集》便以王维、孟浩然为宗，而不选李白、杜甫。换言之，南宗画理想的画风，就近于神韵派之诗风。

接下去钱锺书用一点篇幅讨论西方人对中国诗的看法，说"西洋文评家谈论中国诗时，往往仿佛是在鉴赏中国画"①，因为在他们眼里，中国诗都是冲淡含蓄的，最接近法国象征派诗人韦尔兰的主张，认为："最好是'灰黯的诗歌'，不着色彩，只分深淡（Rien de plus cher que la chanson grise. Pas de couleur, rien que la nuance）。那简直就是南宗画风了：'画欲暗，不欲明；明者如觚棱钩角是也，暗者如云横雾塞是也。'（董其昌《画眼》）"可是这样一来，"在那些西洋批评家眼里，词气豪放的李白、思力深刻的杜甫、议论畅快的白居易、比喻络绎的苏轼——且不提韩愈、李商隐等人——都给'神韵'淡远的王维、韦应物同化了"。然后钱先生幽默地引用了一句西方谚语说："黑夜里，各色的猫一般灰色。（La nuit tous les chats sont gris.）"② 西方批评家通过翻译，如隔雾看花，难怪他们看得不够真确，评论得不够中肯，但中国批评家就不该这样。钱锺书在此道出他文章主要的论点：

> 我们知道中国旧诗不单纯是"灰黯诗歌"，不能由"神韵派"来代表。但是，我们也往往不注意一个事

---

① 钱锺书：《七缀集》，第12页。
② 钱锺书：《七缀集》，第13页。

实：神韵派在旧诗传统里公认的地位不同于南宗在旧画传统里公认的地位，传统文评否认神韵派是标准的诗风，而传统画评承认南宗是标准的画风。在"正宗""正统"这一点上，中国旧"诗、画"不是"一律"的。①

南宗画祖述王维，但在中国文学批评传统里，李白、杜甫显然是最受推崇的大诗人。钱锺书先生说："王维无疑是大诗人，他的诗和他的画又说得上是'异迹而同趣'，而且他在旧画传统里坐着第一把交椅。然而旧诗传统里排起座位来，首席是轮不到王维的。中唐以后，众望所归的最大诗人一直是杜甫。"② 在文章结尾处，钱先生再次强调："总结起来，在中国文艺批评的传统里，相当于南宗画风的诗不是诗中高品或正宗，而相当于神韵派诗风的画却是画中高品或正宗。旧诗和旧画的标准分歧是批评史里的事实。"③ 这个批评史上的事实，正如钱先生在前面提到的，是我们往往未加注意的事实。只有博学多识而又慎思明辨，才能够注意并揭示出这个事实，这就是钱锺书先生的贡献。他区分诗与画在中国批评史上的分别，和他讨论莱辛的《拉奥孔》，都使我们在中外文艺和美学丰富的传统中，可以对普遍性的理论问题有更清楚的认识，做更深入的思考。

---

① 钱锺书：《七缀集》，第14页。
② 钱锺书：《七缀集》，第18页。
③ 钱锺书：《七缀集》，第24页。

理论概念如果与具体文本密切结合,往往可以使我们注意到被忽略的问题,解决文艺批评里未能明白理解、清晰表述的意思。《通感》一篇就是一个例证。钱锺书从李渔不理解宋祁《玉楼春》名句"红杏枝头春意闹",纪昀不理解苏东坡《夜行观星》里"小星闹若沸"一句说起,指出他们之所以不理解,是因为没有意识到在这些诗句里,"'闹'字是把事物无声的姿态说成好像有声音的波动,仿佛在视觉里获得了听觉的感受"[①]。换言之,这些诗句之妙恰好在常理之外,打通了视觉与听觉的界限,给人新奇之感。在超越了语言文化界限更为广阔的视野里,有更多例证,有更明确的理论概念,就不会这样少见多怪。钱先生说:"西方语言用'大声叫吵的''砰然作响的'(loud, criard, chiassoso, chillón, knall)指称太鲜明或强烈的颜色,而称暗淡的颜色为'聋聩'(la teinte sourde),不也有助于理解古汉语诗词里的'闹'字么?用心理学或语言学的术语来说,这是'通感'(synaesthesia)或'感觉挪移'的例子"[②]。从"响亮""热闹""冷静"等日常语言里常用的词汇,到中西文学尤其是诗中的例句,从哲学家的解释到道家、佛家及神秘主义者的经验,钱先生以丰富的例子展示了通感的普遍存在。

《诗可以怨》提供了另外一个很好的例证。《论语·阳货》讲诗有兴、观、群、怨四种功用,但无论从创作还是

[①] 钱锺书:《七缀集》,第54、55页。
[②] 钱锺书:《七缀集》,第56页。

从批评的实践来看,"诗可以怨"都最重要,其要义就是:"苦痛比快乐更能产生诗歌,好诗主要是不愉快、烦恼或'穷愁'的表现和发泄。"然而这个创作和批评里最重要的观念和最常见的事实,"我们惯见熟闻,习而相忘,没有把它当作中国文评里的一个重要概念而提示出来"①。钱锺书引用了大量例子,证明这不仅是中国文学和文学批评里的重要概念,而且具有普遍意义,在世界许多其他文学传统里,同样可以找到丰富的例证。文章开头提到:"尼采曾把母鸡下蛋的啼叫和诗人的歌唱相提并论,说都是'痛苦使然'(Der Schmerz macht Huhner und Dichter gackern)。"② 后面又提到弗洛伊德精神分析学的有名理论,即"在实际生活里不能满足欲望的人,死了心做退一步想,创造出文艺来,起一种替代品的功用(Erzatz für den Triebverzieht),借幻想来过瘾(Phantasiebefriedigungen)"③。这在钱锺书行文中似乎轻轻一笔带过,但对尼采和弗洛伊德稍有了解的读者就知道,这后面有深厚的理论基础,可以为"诗可以怨"这一概念提供有力的支撑,同时也证明这个从《论语》里提取的概念,具有普遍诗学的意义。这篇文章和钱先生其他文章一样,也是举出大量例证,有力地证明他的论点。他不仅举例说明痛苦产生好诗,在中西文学传统里都是如此,而且对看似相同的说法做仔细的分梳,指出当中细微

---

① 钱锺书:《七缀集》,第102页。
② 钱锺书:《七缀集》,第102页。
③ 钱锺书:《七缀集》,第106页。

但重要的区别。例如韩愈《送孟东野序》有句名言"大凡物不得其平则鸣",往往被人误解为遇到挫折而抱怨,和司马迁《报任安书》"发愤所为作"含义相同,都是"诗可以怨"的表述。但钱锺书详细分辨:"先秦以来的心理学一贯主张,人'性'的原始状态是平静,'情'是平静遭到了骚扰,性'不得其平'而为情。《乐记》里两句话'人生而静,感于物而动',具有代表性。"① 所以韩愈在此讲的"不平"并不是"牢骚不平",而他说的"鸣"是表达各种"情",包括快乐在内。韩愈另有《荆潭唱和诗序》,其中有这样的话:"夫和平之音淡薄,而愁思之声要妙,欢愉之辞难工,而穷苦之言易好也。"钱锺书指出,这才"确曾比前人更明白地规定了'诗可以怨'的观念"②。在文学批评中,这样仔细的分辨非常重要,否则很容易以讹传讹,陷入谬误而不自知。

除司马迁《报任安书》、钟嵘《诗品·序》、刘勰《文心雕龙》、韩愈的文章以及许许多多中国文学的例子之外,钱锺书又举出西方文学中大量的例子,令人惊讶地发现,尽管中西语言文化有如此差异,但诗心文心却又如此相同!钱锺书先生最后总结的一段话,值得我们注意而且好好记取:

> 我开头说,"诗可以怨"是中国古代的一种文学主

---

① 钱锺书:《七缀集》,第107页。
② 钱锺书:《七缀集》,第108页。

张。在信口开河的过程里,我牵上了西洋近代。这是很自然的事。我们讲西洋,讲近代,也不知不觉中会远及中国,上溯古代。人文科学的各个对象彼此系连,交互映发,不但跨越国界,衔接时代,而且贯串着不同的学科。由于人类生命和智力的严峻局限,我们为方便起见,只能把研究领域圈得愈来愈窄,把专门学科分得愈来愈细。此外没有办法。所以,成为某一门学问的专家,虽在主观上是得意的事,而在客观上是不得已的事。"诗可以怨"也牵涉到更大的问题。古代评论诗歌,重视"穷苦之言",古代欣赏音乐,也"以悲哀为主";这两个类似的传统有没有共同的心理和社会基础?悲剧已遭现代"新批评家"鄙弃为要不得的东西了,但是历史上占优势的理论认为这个剧种比喜剧伟大;那种传统看法和压低"欢愉之词"是否也有共同的心理和社会基础?[①]

钱先生在这里提出的问题,就是具普遍性诗学的大问题。《诗可以怨》这篇文章也为我们思考这类问题,提供了一个极佳的范例。要探索这类问题,正如钱先生所说,我们就不能局限在一个视角、一种知识,以做一个专家而沾沾自喜,而要有开放的心胸和宽阔的眼界,从中国到西方,从古代到近代,只要相关的知识都要去追求、去涉猎,同

[①] 钱锺书:《七缀集》,第113页。

时又始终保持谦卑的心态，认识到学海无尽无涯，我们能够知道的，不过是沧海之一粟而已。但我们有前辈学者为榜样，有他们已经取得的成就为基础，加之我们自己的使命和抱负，只要不断努力，就总能够在问学的道路上，向前迈进一步，对普遍性的诗学和文艺理论，做出我们的贡献。

八　讽寓和讽寓解释

文学作品都是由语言构成，无论一首诗还是一部小说，都有一个文本，就是我们所读的诗或小说的字句。我们读到这些字句，懂得每个字和每句话的意思，可是我们读完之后往往会问：这首诗或这篇小说的意义何在呢？这部作品要告诉我们什么呢？换言之，我们往往期待文学作品在其字面意义之外，还有另一层更深、更重要的含义，于是文学作品就有解释的必要。文学语言不同于一般日常用来传达信息的语言，其审美功能往往有赖于含蕴的丰富和多义性，也就需要解释和评注来揭示其深远的含义。因此，文学的阐释和批评可以说与文学创作几乎同时诞生，互为依存。在前面讨论世界文学的诗学一章，我提到古代印度梵语诗学注重"曲语"，认为诗的表述不宜直白，而应该是间接、曲折、暗示性的，也提到中国批评传统中类似的看法，举出司空图、苏轼、严羽等人的意见。中国传统的确从来注重要言不烦，言简意赅，《左传》描述《春秋》的微言大义说："《春秋》之称，微而显，志而晦，婉而成章，尽而不污。"① 孟子《尽心章句下》说："言近而指远者，善言也。"②《易·系辞下》说《周易》的文体，"其称名也小，其取类也大。其旨远，其辞文，其言曲而中，其事肆而隐"③。这些都是讲经典文本而非特指文学语言，但中国古人讲诗或文学语言，也多承续以上对经典文本的描述。如刘勰《文心雕龙·比兴》就说："观夫兴之托谕，婉而成章，称名也小，取类也大。"④ 许多批评家谈论诗的语言，往往强调意在言外，司空图《诗品·含蓄》所谓"不著一字，尽得风流"⑤。严羽《沧浪诗话》更用一系列形象的比喻来描述诗的语言风格说："盛唐诸人，惟在兴趣，羚羊挂角，无迹可求。故其妙处，透彻玲珑，不可凑泊，如空中之音，相中之色，水中之月，镜中之象，言有尽而意无穷。"⑥ 中国传统文论讲比兴，也强调文学语言间接、含蓄和比喻的性质。《诗·大序》说诗有六义，其中从文学语言的角度说来，最重要的是比兴。孔颖达疏谓："比之与兴，虽同是附托外物，比显而兴隐。"⑦ 以现代修辞学的术语说来，比是明喻，兴是隐喻，两者都是"言在此而意在彼"，都是诗和文学语言非常重要的成分。

作为一种修辞手法，比喻是把要表达的意思"附托外

---
① 《春秋左传正义》成公十四年，阮元《十三经注疏》，下册，第1913页。
② 焦循：《孟子正义》，《诸子集成》，第1册，第594页。
③ 《周易正义》，阮元《十三经注疏》，上册，第89页。
④ 刘勰著，范文澜注：《文心雕龙注》，下册，第601页。
⑤ 司空图、袁枚著，郭绍虞集解与辑注：《诗品集解·续诗品注》，第21页。
⑥ 严羽著，张健校笺：《沧浪诗话校笺》，上册，第157页。
⑦ 《毛诗正义》，阮元《十三经注疏》，上册，第271页。

物"，在字面意义之外另有寄寓之义。但比喻往往只是一个意象，在文本中限于一句或几句话的范围，而以整篇作品为范围的比喻，则是我们在这一章要讨论的重要概念，在西方称为 allegory，我把它译为"讽寓"。这个词在希腊文的词源意义是另一种（allos）说话（agoreuein），即指"言在此而意在彼"的文本，我译为"讽寓"就希望突出这类作品在文本字面意义之外，还有另一层寄寓的含义。一些文学体裁，如寓言和童话，也明显在字面意义之外，另有含义或寓意，但童话基本上是为儿童讲的故事或民间传说，其中往往包括超现实的神怪成分，并以年轻人为主角，寓言则往往以动物为主角，托动物之口传达某种智慧或哲理。童话和寓言虽然都有寓意，但形式比较简短，寓意也比较明确，相对说来，讽寓就更复杂一些。讽寓不同于一般的比喻、童话或寓言，而是一个与经典的解读有关的概念，牵涉到语言的本质、表达、理解和阐释等多方面问题，带有很强的理论性，也是研究世界文学和文学理论无可避免的重大问题。

1. 讽寓概念之产生

我并非要言必称希腊，但"讽寓"概念的确产生在古代希腊，要讨论这个概念也就不能不从那里开始。在古代希腊，荷马史诗并非我们现在理解的文学作品，而曾经是教育年轻人的经典,包含了希腊文化的基本价值,具有很高的权威性。但是到了公元前5、6世纪,随着哲学的兴起,出现了所谓诗与哲学之争,不少哲学家开始质疑荷马描绘诸神与凡人差别不大,尤其把众神描绘得像人一样,有人类常有的各种弱点,如互相欺诈、嫉妒,有极强的虚荣心和报复心等等,这实在是亵渎神圣,不能教给人宗教虔诚,也不能为人们提供道德的典范,于是对荷马史诗的经典地位提出挑战。在苏格拉底之前,赛诺芬已经批评荷马和赫希阿德"把在人间都视为可耻、应该受到谴责的恶习,都归到众神身上,诸如盗窃、通奸、互相欺骗之类"。赛诺芬说:"大神应该是唯一的,在神与人当中都最伟大,无论身体还是思想都与凡人全然不同。"[①] 另一位哲学家赫拉克利特态度更激烈,把话也说得更重,他认为"应该把荷马从竞赛中踢出去,而且处以鞭刑"[②]。柏拉图很熟悉荷马史诗,并在他的著作里常常引用荷马,但在他建构的理想城邦里,却不容许像荷马这样的诗人存在。如果有这样的诗人"带着他的诗来,想要展示他的作品",柏拉图以颇带讥讽的语气说:"我们会匍匐在地,把他当成一位圣洁、非凡而又可爱的人物来顶礼膜拜,但我们要告诉他,我们城里没有这类人,在我们当中产生这种人也是非法的,所

[①] Xenophanes, trans. Richard D. McKirahan, in Patricia Curd (ed.), *A Presocratics Reader: Selected Fragments and Testimonia* (Indianapolis: Hackett, 1996), p. 26.
[②] Heraclitus, in Curd (ed.), *A Presocratics Reader*, p. 32.

以我们要请他到别的城市去。"① 柏拉图要把诗人排除在他的理想城邦之外，最能代表哲学兴起之后，思辨理性对传统史诗的挑战。

柏拉图贬低诗，在西方思想史上很有名，也很有影响。在诗与哲学之争中，作为哲学家的柏拉图当然站在哲学一边，攻击荷马史诗的权威性。然而哲学总是追求在事物的表面现象之下，探索本质和深层的原因，对荷马的哲学解释也不例外。于是有一些哲学家，尤其是斯多葛派哲学家，便提出不那么直观却带哲理的解读方法来维护荷马的权威。他们认为荷马史诗不能按字面直解，因为荷马的作品是"讽寓"，在这些诗句的字面意义之外或之下，还有另一层更为深刻且完全符合道德和理性的精神意义。于是"言在此而意在彼"的"讽寓"和"讽寓解释"概念便由此而产生，前者着眼于作品本身的意义结构，后者着眼于作品的解读，但二者实在紧密关联，很难分开来讨论。据研究此问题的学者乌尔康姆所说，这种讽寓解释有两种形式："（1）正面的讽寓解释，其目的是阐发神话下面隐含的意义；（2）负面的讽寓解释，其目的是为在道德上令人反感的段落辩护。"② 另一位学者罗伯特·兰伯顿则认为，从现存流传下来有关荷马史诗的各种文献看来，古希腊对荷马

---

① Plato, *The Collected Dialogues*, p. 642.
② K. J. Woollcombe, "The Biblical Origins and Patristic Development of Typology," in G. W. H. Lampe and K. J. Woollcombe (eds.), *Essays on Typology* (Naperville, Ill.: Alec R. Allenson, 1957), p. 51.

的阐释大部分都属于"辩护"一类。不过希腊人素来珍重古老的传统,所以他们对荷马和赫希阿德这两位最早的诗人,也就特别敬重。即便荷马的文本中有不雅或失当之处,"传统都要求读者的反应既要合于神明的尊严,又要尊重那古老的文本"①。由此可见,讽寓解释之产生,就是为证明经典文本的正当性和权威性。当一个文本被奉为经典,就负载着为某一社会和文化传统提供典范和基本文化价值的重任。当这一文本不足以担此重任,不能提供这样的典范和基本价值时,其作为经典的正当性和权威性就会受到质疑和挑战,而维护经典的人就做出讽寓解释,说经典文本都是"言在此而意在彼",在字面意义之外别有寄托、另含深意,由此来提供符合要求于经典的典范和价值,哪怕这种超出字面的精神、道德或政治的意义,很可能与经典文本字面朴素的意义离得很远。

2. 《雅歌》的讽寓解释

在西方,由维护荷马的经典地位最先产生了讽寓解释。公元前1世纪生活在希腊化时期亚历山德里亚的犹太人斐罗(Philo of Alexandria)熟知希腊古典,便把这种讽寓解释

---

① Robert Lamberton, *Homer the Theologian: Neoplatonist Allegorical Reading and the Growth of the Epic Tradition* (Berkeley: University of California Press, 1986), pp. 15, 11 – 12.

用来解读《圣经》里的摩西五书，论证"希腊哲学家们都有赖于摩西"，柏拉图也"借用了先知们或摩西的思想"。① 斐罗认为《圣经》的经文都有讽寓的言外之意，而当文本字面意义使上帝所说的话显得好像"低贱或不符合神之尊严时"，就必须摒弃那个字面意义。②《圣经》里有一篇《雅歌》，传为古犹太所罗门王所作，恰好就有这样的问题，因为按照字面看来，这完全是一首优美的情歌，其中描述一位女子思念情人，又从情人眼里看他所爱的女子，措辞旖旎缠绵，很多地方似乎在写性爱，却始终没有提到神或上帝。在整个《圣经》充满严肃的宗教气氛的环境中，《雅歌》这一特出的性质明显地需要解释。让我先引几段和合本中文《雅歌》的经文：

> 所罗门的歌，是歌中的雅歌。(1.1)
>
> 愿他用口与我亲嘴。因你的爱情比酒更美。(1.2)
>
> 我是沙仑的玫瑰花，是谷中的百合花。(2.1)
>
> 我的佳偶在女子中，好像百合花在荆棘内。(2.2)
>
> 我的良人在男子中，如同苹果树在树林中。我欢欢喜喜坐在他的荫下，尝他果子的滋味，觉得甘甜。(2.3)
>
> 求你们给我葡萄干增补我力，给我苹果畅快我心，

---

① Harry Austryn Wolfson, *Philo: Foundations of Religious Philosophy in Judaism, Christianity, and Islam*, 2 vols. (Cambridge, Mass.: Harvard University Press, 1948), vol. 1, pp. 141, 160.
② Wolfson, *Philo*, p. 123.

因我思爱成病。(2.5)

他的左手在我头下,他的右手将我抱住。(2.6)

良人属我,我也属他。他在百合花中牧放群羊。(2.16)

我夜间躺卧在床上,寻找我心所爱的。我寻找他,却寻不见。(3.1)

你的唇好像一条朱红线,你的嘴也秀美。你的两太阳在帕子内,如同一块石榴。(4.3)

你的两乳好像百合花中吃草的一对小鹿,就是母鹿双生的。(4.5)

我妹子,我新妇,你的爱情何其美。你的爱情比酒更美。你膏油的香气胜过一切香品。(4.10)

我新妇,你的嘴唇滴蜜。好像蜂房滴蜜。你的舌下有蜜,有奶。你衣服的香气如利巴嫩的香气。(4.11)

王女啊,你的脚在鞋中何其美好。你的大腿圆润,好像美玉,是巧匠的手做成的。(7.1)

你的肚脐如圆杯,不缺调和的酒。你的腰如一堆麦子,周围有百合花。(7.2)

你的两乳好像一对小鹿,就是母鹿双生的。(7.3)

你的颈项如象牙台。你的眼目像希实本、巴特拉并门旁的水池。你的鼻子仿佛朝大马色的利巴嫩塔。(7.4)

我说,我要上这棕树,抓住枝子。愿你的两乳好

像葡萄累累下垂,你鼻子的气味香如苹果。(7.8)

你的口如上好的酒,女子说,为我的良人下咽舒畅,流入睡觉人的嘴中。(7.9)①

如此香艳甚至性感的词句竟然是庄严的《圣经》经文之一部分,实在不能不令人吃惊。《圣经》从上帝创造世界和人类,直到预言世界的末日,都是一部令人敬畏神的宗教经典,而《雅歌》一篇与其他各篇从语言到内容都大不相同,十分特出。弗朗西斯·兰迪描述读《雅歌》的感觉说,这优美的诗篇"不仅触动人的心智,也触动人有感觉的耳朵,读者也许对其词句感到困惑,但仍然可以对其所含情感和肉体的意义做出反应。事实上,这种困难更加强了一种无批判性快感的吸引力"②。换言之,《雅歌》香艳的词句完全打破一个读《圣经》的人对可敬畏的经文之期待,使读者感到困惑不解,同时又以优美悦耳、旖旎缠绵的词句使读者得到一种"无批判性的快感"。宗教强调精神和灵魂,表现性爱和肉欲的文字对宗教的教义就构成一种威胁,于是,如何处理《雅歌》的性爱描写和"情色"(eroticism),无论在犹太拉比或基督教的教父们那里,都一直是一个难题,一种挑战。

公元1世纪末,犹太拉比们在以色列西海岸的迦姆尼

---

① 网上和合本《圣经》:http://www.godcom.net/hhb/
② Francis Landy, "The Song of Songs," in Robert Alter and Frank Kermode (eds.), *The Literary Guide to the Bible* (Cambridge, Mass.: Harvard University Press, 1987), p. 306.

亚举行宗教会议（the council of Jamnia），讨论犹太经典，当时就有拉比质疑《雅歌》和《传道书》的经典地位，质疑《圣经》是否应该包含这样的篇章。拉比阿克巴（Rabbi Aquiba）用极强烈的措辞维护了《雅歌》的权威，他说："以色列从来没有人对《雅歌》提出异议，怀疑它是否神圣。整个世界都不如以色列被赐予《雅歌》的那一天有价值，因为虽然全部经文都是神圣的，但《雅歌》是神圣中之神圣。"与此同时，他又谴责有人把《雅歌》视为一般的情歌，在"宴饮的地方"吟唱。① 基督教神父们也不时有人质疑《雅歌》的经典地位，如5世纪时马朴苏斯提亚的主教西奥多（Theodore of Mopsuestia, 350—428）就认为，所罗门王因为娶一位埃及公主为妻，遭到国人非议，作《雅歌》回应，所以《雅歌》只涉及人间的情爱，却毫无神圣性可言。公元500年罗马教会在君士坦丁堡举行宗教会议，已经把这一看法定为异端邪说而加以谴责。但到了16世纪时，加尔文教派的宗教改革家塞巴斯提安·卡斯特里奥（Sebastian Castellio, 1515—1563）又重提此论，挑战《雅歌》的正当性。18世纪英国神学家威廉·威斯顿（William Whiston, 1667—1752）更为激烈，断言说整篇《雅歌》"从头至尾都暴露出愚蠢、虚荣和放荡的迹象"，并且说"所罗门作此歌时，已经变得又坏又蠢，荒淫无度而且崇拜偶

---

① Marvin Pope (ed. and trans.), *The Anchor Bible: Song of Songs* (Garden City, NY.: Doubleday, 1977), p. 19.

像"。① 《圣经》本来是被教徒们视为神圣的经典，具有崇高的地位，但《雅歌》以其优美和性感的语言，在《圣经》中的确很特出，但也因此而被奉行禁欲的宗教家们怀疑甚至批判。

正如荷马的权威受到质疑和挑战时，讽寓解释可以为之做出辩护；同样，当《雅歌》的权威受到质疑和挑战时，讽寓解释也可以为之辩护。阿克巴说《雅歌》是经文"神圣中之神圣"，并且反对将之视为一般的情歌，就显然把《雅歌》理解为神圣的经文，具有超出字面的精神意义。《雅歌》的讽寓解释有很长的历史，"在犹太教殿堂和在基督教教堂里，都占据主导"②。在犹太传统中，《雅歌》被解读为表现上帝与以色列之爱，于是经文中具体的意象都和上帝、以色列的历史或历史人物相联系，也由此而完全抹去了经文香艳性感的字面意义。例如经文 4.5 说"你的两乳好像百合花中吃草的一对小鹿，就是母鹿双生的"，古犹太的解释（Midrash）却把"两乳"与犹太历史人物相联系，说"就像两乳是女人之美和装饰一样，摩西和阿伦也正是以色列之美和装饰"③。用古犹太人的领袖和族长摩西（Moses）、阿伦（Aaron）这样两位老人来解读年轻女人的"两乳"，实在是令人匪夷所思，但这样的解释却可以有效

---

① Pope(ed. and trans.), *Song of Songs*, p. 129.
② Pope(ed. and trans.), *Song of Songs*, p. 89.
③ H. Freedman and Maurice Simon (eds.), *The Midrash Rabbah*, 5 vols. (London: Soncino, 1977), vol. 4, p. 198.

改变经文含义，完全抹掉原文性感情色的意义。又如经文7.2说"你的肚脐如圆杯，不缺调和的酒"，按某些现代学者的解释，这带有极强的性的暗示，但古犹太的解释却说这圆形的"肚脐"指古犹太公会（Sanhedrin），因为犹太人这最高议会和仲裁法庭由几十位长老组成，他们聚会时坐在一起，组成一个像肚脐那样的半圆形，在犹太社群中起着非常重要的作用，"就像胚胎在母体中依靠肚脐才能生存一样，以色列如果没有公会，就会一事无成"[①]。这样的解释把描绘女子身体各部分十分具体的意象，替换成犹太历史上重要的机构或人物，就减少甚至完全消除了原文情色的成分。

在基督教对《雅歌》的解释中，讽寓解释也居于主导，其中最有名的是早期基督教神学家奥里根（Origen, c. 184—253）的《雅歌评论》。奥里根是一个极端的禁欲主义者，曾自宫以绝欲。他首先把《雅歌》定义为"婚礼之歌"，但绝非描绘世俗男女的婚礼，而是表现上帝与基督教教会之爱，经文中的新娘就是基督教教会，她"心中燃烧着对新郎圣洁之爱，而那新郎就是上帝之道"[②]。奥里根完全否定《雅歌》经文的字面意义，认为其中描述身体之美那些性感的词句"绝不可能指可见的躯体，而必定指不可见的灵魂之各部分及其力量"[③]。他又说："正如人有肉体、

---

① Freedman and Simon (eds.), *The Midrash Rabbah*, vol. 4, p. 281.
② Origen, *The Song of Songs: Commentary and Homilies*, trans. R. P. Lawson (Westminster, Md.: Newman, 1957), p. 21.
③ Origen, *The Song of Songs*, p. 28.

灵魂和精神，上帝为拯救人类所设的《圣经》亦如是。"①他按斐罗的说法，认为"就全部《圣经》而言，我们的看法是全部经文都必有精神意义，但并非全部经文都有实体意义。事实上，有很多地方全然不可能有实体的意义"②。他告诫读者说，如果没有受过适当的精神教育而做好充分准备，贸然去读《雅歌》，就会有"不小的伤害和危险"，因为不知道经文的精神意义，只从字面去理解《雅歌》的词句，就会误以为神圣的经文容许他去放纵自己，满足自己的色欲。奥里根说：

> 因为不懂得怎样以纯洁之心和纯净之耳去倾听爱的声音，他所听到的就会扭曲，使他离开内在的人之灵而趋向外在之肉；他就会由精神转向肉体，在他自身产生肉欲，而且好像神圣的经文在鼓励和催促他去满足他的肉欲！
>
> 由于这个原因，我建议每个人都要注意，只要他还没有排除肉体和血气的搅扰，还没有去掉身体情欲的冲动，就应该完全克制自己，不要去读这本小书和

---

① Origen, "On First Principles: Book Four," in Karlfried Froehlich (ed. and trans.), *Biblical Interpretation in the Early Church* (Philadelphia: Fortress Press, 1984), p. 58.
② Origen, "On First Principles," in Froehlich (ed.), *Biblical Interpretation in the Early Church*, p. 67. 关于在字面意义和讽寓意义上，斐罗对奥里根的影响，可参见 Wolfson, *Philo*, vol. 1, pp. 158 – 159; 亦可参见 Jean Daniélou, *Origen*, trans. Walter Mitchell (New York: Sheed and Ward, 1955), pp. 178 – 190。

关于这本书所说的一切。①

在奥里根的建议和劝诫中,我们可以明显感觉到他有一种极度的焦虑,很担心有人把《雅歌》视为鼓励色欲和淫荡的情诗,而对一个禁欲主义者说来,任何引向肉体和情欲的东西都是邪恶的,于是他要尽力用讽寓解释去消解《雅歌》原文的字面意义,排除质疑《雅歌》精神价值的任何可能。在奥里根的讽寓解释中,所谓"婚礼之歌"仅仅是这篇经文的具体形式,其精神意义则是表现上帝与教会或上帝与灵魂神秘的结合。我们在前面已经看到,犹太拉比把经文 4.5"你的两乳好像百合花中吃草的一对小鹿"说成摩西和阿伦,奥里根也用类似的手法。经文 1.13 按和合本的中译文是"我以我的良人为一袋没药,常在我怀中",但这里的译文已经减少了原文更性感的措辞,因为在最有影响的詹姆斯王钦定本(King James Version)英文《圣经》里,这句话的译文很清楚:A bundle of myrrh is my well-beloved unto me; he shall lie all night betwixt my breasts. ② 在简易英文译本(Bible in Basic English)里,这句话也讲得很明白:As a bag of myrrh is my well-loved one to me, when he is at rest all night between my breasts. ③ 所以我依据这两个英译

---

① Origen, *The Song of Songs*, pp. 22 - 23.
② *Song of Solomon* 1.13, *The Holy Bible in the King James Version* (Nashville, TN: Thomas Nelson, 1977), p. 408.
③ 网上资源:https://www.christianity.com/bible/bible.php?q = Song + of + Solomon + 1&ver = bbe

本，把这句译文稍作改动："我以我的良人为一袋没药，他整夜都躺在我的两乳之间。"奥里根评论此句时，要读者把"两乳"理解为"心之地，在那里教会拥抱上帝，或灵魂拥抱上帝之道"①。经文 2.6 描述情人的拥抱，说得很明确："他的左手在我头下，他的右手将我抱住。"奥里根急切地敦促读者不要按字面去理解经文："你绝不能因为上帝被称为'新郎'，那是男性的称呼，就在肉体的意义上去理解上帝的左手和右手。你也绝不能因为'新娘'是女性的称呼，就在那种意义上去理解新娘的拥抱。"② 这种讽寓解释把《雅歌》描述的爱完全和男女之情爱剥离开，用完全不同于字面意义的人物或概念来取代经文具体的意象，也就完全消除了《雅歌》经文香艳性感的情色成分。

从上面的讨论可以总结出重要的两点：第一，讽寓和讽寓解释不是一般的修辞手段和文学批评，而是和某一文化传统的经典有关，是在经典的正当性和权威性受到质疑和挑战时，为维护经典的地位产生的阐释方法；第二，讽寓解释的基本原则是认为经典文本都"言在此而意在彼"，于是这种解释就把原文有争议、受到质疑的词句和意象（言）代之以符合宗教、伦理、政治等要求的另一些词句和意象（意），如用摩西和阿伦来代替女人的"两乳"，以犹太公会来代替女人的"肚脐"，以上帝来代替"新郎"等等，最后的结果是用符合某一意识形态（无论是宗教、伦理或政治）

---

① Origen, *The Song of Songs*, p. 165.
② Origen, *The Song of Songs*, pp. 200 – 201.

的意义取代文本字面的意义。我认为这种"替换"或"取代"(displacement),就是讽寓解释一个特别的阐释方法。

3. 《诗经》与美刺讽谏

荷马史诗和《圣经》都是西方传统中重要的经典,而荷马史诗对众神人性化的描写以及《雅歌》香艳性感的语言,就使其正当性和权威性受到质疑和挑战。在中国文化传统中,有儒家的一套经典,而其中《诗经》,尤其是十五国风里许多从字面看来的言情之作,也需要通过历代的评注,做出"美刺讽谏"的讽寓解释,才可以建立这些诗作的经典地位和权威性。《毛诗》序说诗有六义,孔颖达疏云:"风、雅、颂者,诗篇之异体;赋、比、兴者,诗文之异辞耳。"这说明风、雅、颂是诗之体裁,赋、比、兴则是作诗之法。赋是"直陈其事",是直接的铺叙,而对诗而言,更重要的是比兴:"比之与兴,虽同是附托外物,比显而兴隐。"① 换言之,比兴是诗的修辞手法,用明喻或暗喻来间接表达诗人之志,所谓"诗言志"。美刺讽谏则是另一层次的问题,是对诗之意义和功用做出判断,在《诗经》的传统注疏中,美刺不是探讨诗之构成,而是判定诗的性质和意义,并引导读者去理解这意义。当然,"兴"之义比

---

① 《毛诗正义》,阮元《十三经注疏》,上册,第271页。

较复杂,历来有很多讨论,其包含意义之广与美刺讽谏有密切的关系。

让我从《毛诗正义》里举几个例子,看儒者经生解经使用的美刺讽谏,如何在字面意义之外,给经文加上与本意全然不同但能够符合儒家观念的一层"言外之意"。如《召南·野有死麇》:

> 野有死麇,白茅包之。
> 有女怀春,吉士诱之。
> 林有朴樕,野有死鹿。
> 白茅纯束,有女如玉。
> 舒而脱脱兮,
> 无感我帨兮,
> 无使尨也吠!①

这按字面看来是一首优美的情诗,前面两节写一位"吉士"把林中猎物用茅草包起来,送给那位"怀春"即春情萌动、颜美"如玉"的少女,以此"诱之"。后面一节以少女的口吻,娇嗔她的情人动作轻一点,不要扯动她的围裙,不要惊动了躺在近旁的狗,语言尤为真切生动。然而《毛诗》在每一首诗前面,都有一段小序,指引读者如何去理解诗意。这首诗的小序说:"《野有死麇》,恶无礼也。天

---

① 《毛诗正义》,阮元《十三经注疏》,上册,第292—293页。

下大乱，强暴相陵，遂成淫风。被文王之化，虽当乱世，犹恶无礼也。"① 这样一来，这首诗就不是写男女之间调笑偷情，而是赞美那位受过"文王之化"的女子，断然拒绝和谴责非礼的男子。不看小序，读者很难想象这首诗的背景是"天下大乱，强暴相陵"，然而一旦这样理解，诗中男女之情也就消失得无踪无影了。

再如《郑风·将仲子》：

> 将仲子兮，无逾我里，无折我树杞。
> 岂敢爱之，畏我父母。
> 仲可怀也，父母之言，亦可畏也！
> 将仲子兮，无逾我墙，无折我树桑。
> 岂敢爱之，畏我诸兄。
> 仲可怀也，诸兄之言，亦可畏也！
> 将仲子兮，无逾我园，无折我树檀。
> 岂敢爱之，畏人之多言。
> 仲可怀也，人之多言，亦可畏也！②

此诗全以女子的口吻，对名叫"仲子"的情人说，不要翻墙过来，不要折断园里的树枝，不是我爱惜这些，而是怕父母兄弟知道了受责骂，或是邻居知道了会有些流言蜚语。但诗序却完全改变了这一理解："《将仲子》，刺庄公

---
① 《毛诗正义》，阮元《十三经注疏》，上册，第292页。
② 《毛诗正义》，阮元《十三经注疏》，上册，第337页。

也。不胜其母,以害其弟。弟叔失道而公弗制,祭仲谏而公弗听,小不忍以致大乱焉。"这是用《左传》隐公元年一段历史记载套在经文上,根本改变了理解这首诗的语境。据《左传》,郑武公娶武姜,生庄公和叔段。武姜生庄公时难产,颇感痛苦,所以她讨厌庄公而偏爱小儿子叔段。她想让武公立叔段,武公不同意,后来庄公继位,因为尊重母亲,对叔段一味姑息。朝臣祭仲劝庄公除掉叔段,庄公不同意。直到叔段聚集军队,准备攻打郑,武姜还打算为叔段做内应,为他的军队打开城门,庄公才不得不派兵,击败了叔段。孔颖达疏云:"此叔于未乱之前,失为弟之道,而公不禁制,令之奢僭。有臣祭仲者,谏公,令早为之所,而公不听用。于事之小,不忍治之,以致大乱国焉,故刺之。经三章,皆陈拒谏之辞。"所以从郑玄到孔颖达,汉唐注疏都往往用历史,尤其用《左传》的记载,来作为理解《诗经》中这类按字面看来好像是表现男女之情的作品,而一旦把诗里说话的人替换为一个历史人物,也就根本改变了诗的意义。就像用摩西和阿伦来取代年轻女子的"两乳"一样,用进谏的朝臣祭仲来取代读者以为是情人的"仲子",这首诗就完全不是一个女子在对她的情人说话,而是郑庄公在对祭仲说,你别来管我家里的事吧!所以郑玄笺云:"祭仲骤谏,庄公不能用其言。……'无逾我里',喻言无干我亲戚也。'无折我树杞',喻言无伤害我兄弟也。"[1]读

---

[1]《毛诗正义》,阮元《十三经注疏》,上册,第337页。

者满以为这是一个女子在对情人说话,一旦解释为庄公对臣下说话,这诗的意义就完全改变,与情爱无关了。

再看只有两章的短诗《郑风·狡童》:

> 彼狡童兮,不与我言兮。
> 维子之故,使我不能餐兮!
> 彼狡童兮,不与我食兮。
> 维子之故,使我不能息兮![1]

按经文字面看来,这又像是一个失恋的女子在抱怨,说因为那个负心的"狡童"不跟她说话,也不跟她一起吃饭,弄得她吃也吃不好,睡也睡不好。但诗序当然另有说法:"《狡童》,刺忽也。不能与贤人图事,权臣擅命也。"郑玄笺云:"权臣擅命,祭仲专也。"这又是用《左传》桓公十一年的记载,来做解释此诗的背景。孔颖达疏更说明郑忽让祭仲专权,不听从贤人的劝告,此诗就是那位忠心耿耿却得不到君主信任的贤人,在那里表达他忧国忧民的惆怅:"不与我言者,贤者欲与忽图国之政事,而忽不能受之,故云然。"[2] 在这里,注经者采用的手法,也是"替换"和"取代",即用历史的情境和人物给经文的理解提供一个完全不同的语境。而一旦语境改变,理解也就不同,于是此诗根本不是一位女子在抱怨情人,而是一位不能得到君

---

[1]《毛诗正义》,阮元《十三经注疏》,上册,第342页。
[2]《毛诗正义》,阮元《十三经注疏》,上册,第342页。

主赏识的贤者在发牢骚。经文字面言情的意义被完全抹掉，同时被赋予合于儒家政治伦理观念的意义，也就可以让此诗起到美刺讽谏的作用。

如前所述，讽寓和讽寓解释之产生，主要是为了论证经典文本的合理性和权威性。荷马史诗的讽寓解读是如此，《雅歌》的阐释也是如此。我完全承认讽寓解释对保存古代经典做出过重大贡献，如果不是这种讽寓解释，也许《雅歌》就不会作为《圣经》的一部分保存下来，如果不是经过一番美刺讽谏的曲说，作为儒家经典的《诗经》，尤其郑风中许多看来言情的作品，大概也难以留存至今。然而脱离文本原义的过度阐释，又的确可以歪曲原意到荒唐的程度，而在中国传统中，批判汉唐注疏中这种过度的讽寓解释，在宋代就已经形成气候。欧阳修著《诗本义》发其端，朱熹著《诗集传》集其大成，当中还有郑樵《诗辨妄》等诸作。朱熹《诗集传》序明确肯定"凡诗之所谓风者，多出于里巷歌谣之作，所谓男女相与咏歌，各言其情者也"①。朱熹既然认定国风里的诗篇大多来自民间，表现的是"男女相与咏歌，各言其情者"，他对诗的理解就比较注重《诗经》文本的原意，而排除汉唐注疏里过度的阐释。如上面所引《狡童》一诗，诗序说是"刺忽也"，朱熹就大不以为然，并说："将许多诗尽为刺忽而作。考之于忽，所谓淫昏暴虐之类，皆无其实。至遂目为'狡童'，岂诗人爱君之

---

① 朱熹：《诗集传》，上海，上海古籍出版社，1980，第2页。

意?况其所以失国,正坐柔懦阔疏,亦何狡之有?"① 他明确指出:"诗序实不足信。向见郑渔仲有《诗辨妄》,力诋诗序,其间言语太甚,以为皆是村野妄人所作。始亦疑之,后来子细看一两篇,因质之《史记》《国语》,然后知诗序之果不足信。"② 他又批评有人"不以诗说诗,却以序解诗,是以委曲牵合,必欲如序者之意,宁失诗人之本意不恤也。此是序者大害处"③。对诗序非美即刺的讽寓解释,朱子有十分中肯的批评,他说:"大率古人作诗,与今人作诗一般,其间亦自有感物道情,吟咏情性,几时尽是讥刺他人?只缘序者立例,篇篇要作美刺说,将诗人之意思尽穿凿坏了!且如今人见人才做事,便作一诗歌美之,或讥刺之,是甚么道理?"④ 这是以理性平常之心态,以己及人去推论诗人作诗,皆有感而发,吟咏性情,不可尽数解读为美刺讽谏。将这种理性的心态注入经典解释,可以说是现代学术的发端,所以顾颉刚在编辑《古史辨》讨论《周易》和《诗经》的第三册时,就明确把怀疑和批判汉唐注疏的观点追溯到宋代,尤其是朱熹的《诗集传》和《朱子语类》里许多合乎情理的看法。⑤

---

① 朱熹著,黎靖德编,王星贤点校:《朱子语类》,北京,中华书局,1986,第6册,第2075页。
② 朱熹,黎靖德编,王星贤点校:《朱子语类》,第2076页。
③ 朱熹,黎靖德编,王星贤点校:《朱子语类》,第2077页。
④ 朱熹,黎靖德编,王星贤点校:《朱子语类》,第2076页。
⑤ 参见顾颉刚等编:《古史辨》,上海,上海古籍出版社,1982,第3册,第1页。

4. 阐释与过度阐释

在维护经典的正当性和权威性这一点上，讽寓解释有其功用，值得肯定，但超出文本字面意义，把另一层完全不同的意义强加在文本上面，就往往会变成不合理的过度阐释。正如意大利作家和文学理论家艾柯所说："一旦一个文本成为某一文化'神圣'的经典，它就很容易受到值得怀疑的解读，因此受到毫无疑问是过度的解释。"① 在中国历史上，有太多这种带有极大危害的政治化过度解释。从秦时赵高的"指鹿为马"到宋代苏东坡的"乌台诗案"，从清代康、雍、乾三朝的文字狱到姚文元发起对吴晗《海瑞罢官》的批判，我们可以看到太多这种歪曲原义、深文周纳、以言入罪的例子。这和经典的讽寓解释没有直接的关联，但与讽寓解释的过度阐释又密切相关，可以说是讽寓解释的政治化，往往对作家和诗人造成极大的伤害。这是值得我们注意、深思和永远警惕的问题。在此我就以东坡"乌台诗案"为例，看看这种危害极大的政治化讽寓解释如何运作。苏轼有一首《塔前古桧》诗，又题为《咏王复秀才门前双桧》："凛然相对敢相欺，直干凌云未要奇。根到

---

① Umberto Eco, with Richard Rorty, Jonathan Culler and Christine Brooke-Rose, *Interpretation and overinterpretation* (Cambridge: Cambridge University Press, 1992), p. 52.

九泉无曲处,世间惟有蛰龙知。"① 与苏轼同时代的宋人叶梦得《石林诗话》记载:

> 元丰间,苏子瞻系大理狱。神宗本无意深罪子瞻,时相进呈,忽言苏轼于陛下有不臣意。神宗改容曰:"轼固有罪,然于朕不应至是,卿何以知之?"时相因举轼《桧诗》"根到九泉无曲处,世间惟有蛰龙知"之句,对曰:"陛下飞龙在天,轼以为不知己,而求之地下之蛰龙,非不臣而何?"神宗曰:"诗人之词,安可如此论,彼自咏桧,何预朕事!"时相语塞。章子厚亦从旁解之,遂薄其罪。子厚尝以语余,且以丑言诋时相,曰:"人之害物,无所忌惮,有如是也!"时相,王珪也。②

东坡此诗描写两棵古桧不仅在地面上"凛然相对""直干凌云",而且地下的根也笔直不曲,直抵"九泉"及地下之"蛰龙"。此诗当然不只咏桧,而是"言在此而意在彼",通过描绘如此挺拔的桧树,来赞美一个人(也许就是王复秀才)刚直不阿的性格。但王珪作为苏轼的政敌,一心要构陷罪名,置东坡于死地,便抓住"蛰龙"两个字,说那

---

① 苏轼:《咏王复秀才门前双桧》,《苏轼诗集》,北京,中华书局,1987,第2册,第413页。
② 叶梦得:《石林诗话》,何文焕编《历代诗话》,北京,中华书局,1981,上册,第410页。除叶梦得所记载之外,另一位宋人蔡正孙撰《诗林广记》,卷四收集有关"乌台诗案"各诗,举证更详。

是暗讽皇帝。有趣的是，神宗皇帝并没有接受这也许太明显的过度阐释，反而说："诗人之词，安可如此论？"一方面神宗的确欣赏苏轼的才能，而且如叶梦得所说，他"本无意深罪子瞻"；另一方面，他也深知王珪的用意，如果完全让他得逞，便在不同党派的争斗之间，失去平衡。神宗不愿意接受王珪那过度政治化的解释，本身正是政治上一个明智之举，于是这政治化的讽寓解释，也在当时新旧两党政治斗争的境况下，没有达到其政治目的。不过东坡虽然因之而逃过一死，后来却被贬为黄州团练副使，开始了此后长年受贬谪而流寓天涯的生活。由此可见，讽寓或比兴固然是文学本身性质所必有，也就是说，文学作品都不是停留在文本表面的意义上，而是"言在此而意在彼"，总可以通过解释呈现超出字面之比喻或象征的意义，但过度的强制阐释，尤其是政治化的讽寓解释，却对文学、对作家和诗人、对整个文化传统都有极大的危害。

怎样避免完全不顾文本原义或歪曲原义的过度阐释，是非常重要的问题。在本章开头，我提到文学语言具有比喻和象征的特性，可以"言在此而意在彼"，也就可以有不同解释。中国古代文论对阐释的多元也有充分的认识。虽然董仲舒所谓"诗无达诂"初非为强调理解的多元，也不是就文学批评而言，但这并不妨碍后来的评论家用他的话来阐述文学阐释的多元。清人沈德潜说："古人之言，包含无尽；后人读之，随其性情浅深高下各有会心。……董子云'诗无达诂',此物此志也。"① 比沈德潜稍早的王夫之已经把这个道理讲得很透彻:"作者用一致之思,读者各以其情而自得。……人情之游也无涯,而各以其情遇,斯所贵于有诗。"② 然而文本的多义和阐释的多元并非漫无边际,也并非毫无高低上下之分。毕竟文本的字句有本来的意义,不能随便抛弃不顾,尤其经典文本被认为具有很高的文化价值,对于文化传统的承传而言,如何正确理解经典文本的字句就非常重要。

在西方的《圣经》阐释里,就有一个重视经文字面意义的传统。圣奥古斯丁著《论基督教教义》,专门讨论如何理解《圣经》。他说《圣经》的经文有两种符号,一种是字面意义的,另一种是比喻性的。前一种符号是直白的表述,目的是满足那些渴望了解神的真理的人,使他们立即就可以知道经文的意义;后一种则是间接而委婉的表述,是《圣经》中比较晦涩难解的段落,其目的是满足那些惯于深思而喜爱艰深的人,以免他们以浅显为浅薄,对简易的经文产生鄙薄轻视的态度。奥古斯丁说:"比喻性的符号使某些段落越是晦涩,一旦解释清楚之后,就越会使人觉得意味深长。"③ 于是他宣称:"圣灵使神圣的经文起伏变化,令人赞叹不已,其中更开放的部分直接满足某些人的饥渴,

---

① 沈德潜:《唐诗别裁》,北京,中华书局,1964,第1页。
② 王夫之著,戴鸿森笺注:《姜斋诗话笺注》,北京,人民文学出版社,1981,第4、5页。
③ St. Augustine, *On Christian Doctrine*, trans. D. W. Robertson, Jr. (Indianapolis: Bobbs-Merrill, 1958), IV. vii. 15, pp. 128-129.

而更晦涩的部分则防止某些人轻慢的态度。晦涩之处所讲的一切，无一不是在别处用晓畅的语言讲明白了的。"① 奥古斯丁最后这句话对《圣经》的阐释说来很重要，因为这确定了经文文本字面意义的首要地位，建立了解释文本的原则，那就是任何解释都必须以文本字面意义为基础，同时考虑到整篇各个不同的部分，从而防止牵强附会的、抓住一点而不及其余的误解和误读。13 世纪著名神学家托马斯·阿奎那深受亚里士多德影响，尽量以理性的态度对待《圣经》解释，他反对脱离经文文本的讽寓解释，而强调经文字面意义之重要。他在所著《神学大全》重要的一段话里，又重申了奥古斯丁那个原则，认为字面或历史的意义是理解《圣经》经文的基础。阿奎那说：

> 《圣经》里不会有任何混乱，因为所有的含义都以一种意义——即字面的意义——为基础，正如奥古斯丁所说，任何论述都只能由此产生，而不能产生自讽寓的意义。然而《圣经》绝不会因此而丧失任何东西，因为凡信仰所必需的一切固然包含在精神意义里，但无不是在经文的别处又照字面意义明白说出来的。②

强调经文字面意义重要这一个阐释传统，在基督教神

---

① St. Augustine, *On Christian Doctrine*, II. vi. 8, p. 38.
② Thomas Aquinas, *Basic Writings of St. Thomas Aquinas*, ed. Anton Pegis, 2 vols. (New York: Random House, 1954), 1a. 1. 10, vol. 1, p. 17.

学史上另一个重要的转折点，即在 16 世纪欧洲宗教改革兴起之时，又在马丁·路德的论述中再度得到肯定和发展。路德继承了从奥古斯丁到阿奎那关于经典阐释的这一传统，宣称圣灵"只可能有最简单的意思，即我们所说的书面的或语言之字面的意义"①。在他与罗马教廷的论争中，路德强调《圣经》是信仰的唯一基础，无须天主教会的教士布道来垄断对《圣经》的解释。研究宗教神学的学者佛罗里希认为，路德继承了中世纪神学尤其是阿奎那神学三方面的原则：注重字面意义，相信经文的明确性，重视阐释传统的历史连贯性。路德由此而提出他著名的观点，即"《圣经》是它自己的解释者（scriptura sui ipsius interpres）"②。因此，从奥古斯丁到托马斯·阿奎那再到马丁·路德，基督教神学这一阐释传统强调字面意义的首要地位，而在《圣经》的阐释中，字面意义和精神意义并非完全对立，而只是坚持文本的字面意义应该是一切阐释的基础。

在中国阐释传统中，宋人反对汉唐注疏的繁琐武断，主张回到文本本义，就很类似西方始于奥古斯丁、承传于阿奎那和路德那样以文本为基础的阐释倾向。朱熹说："旧来儒者不越注疏而已，至永叔、原父、孙明复诸公，始自出议论。"③ 这就说明经学至宋代，便发生一大变化，而自

---

① Martin Luther, *Works*, ed. Helmut T. Lehman, trans. Eric W. Gritsch and Ruth C. Gritsch, vol. 39 (Philadelphia: Fortress Press, 1970), p. 178.
② Karlfried Froehlich, "Problems of Lutheran Hermeneutics," in John Reuman with Samuel H. Nafzger and Harold H. Ditmanson (eds.), *Studies in Lutheran Hermeneutics* (Philadelphia: Fortress Press, 1979), p. 134.
③ 朱熹著，黎靖德编，王星贤点校：《朱子语类》，第 2089 页。

出议论的依据，就是回到经典文本，在对经文整体的理解和把握中做出自己的解释。就像路德强调《圣经》是一部明白晓畅的书，朱熹也认为经书都是明白易懂的。他说："圣人之言坦易明白，因言以明道，正欲使天下后世由此求之。使圣人立言要教人难晓，圣人之经定不作矣。"① 强调经文的文本明白易懂，就是强调文本字面意义必须成为解释的依据和基础。周裕锴在论及欧阳修等人对汉唐注疏的怀疑和批判时，认为这反映出了宋人治经时较为理性的态度。他说："对权威的盲从意味着理性的萎缩，而对经传的怀疑则源于理性的张扬。欧阳修曾说明自己疑古的动因，这就是摒弃那些偏离儒家思想体系的曲解和杂说，恢复儒家经典的原始本义。"② 从欧阳修的《诗本义》到朱熹的《诗集传》和其他著述，都可以明显见出这一倾向。今天探讨文学批评和阐释问题，这种注重事实和文本实际的理性态度，仍然值得我们借鉴。

文学的阅读和阐释都是当代讨论得很热烈的问题，大多数学者都认识到文学作品意义的丰富和阐释的多元。我认为德国哲学家伽达默尔提出的许多概念都非常有说服力。首先，理解不可能完全摆脱理解者的主观角度，所以理解和解释不能以作者的意图为准，而须把阅读的过程视为读者参与意义创造的过程。但与此同时，理解和解释也不能

---

① 朱熹著，黎靖德编，王星贤点校：《朱子语类》，第3318页。
② 周裕锴：《中国古代阐释学研究》，上海，上海人民出版社，2003，第210页。

完全脱离作品的文字本身，把读者的主观看法强加于文本。理解既然是人的意识参与的活动，就不可能是纯客观的，但同时理解也不可能是纯主观的，不能指鹿为马，信口雌黄。用伽达默尔的术语来说，理解是读者的视野和作者通过作品表现出来的视野之融合。（Horizontverschmelzung, fusion of horizons.）① 所以伽达默尔描述理解的过程说："理解是从先有的观念开始，然后用更合适的观念来取代先有的观念。"② 他又说："在方法上自觉的理解，不仅仅注意形成预测性的观念，而且要自觉到这些观念，以便验证它们，并且从事物本身获得正确的理解。海德格尔说应该从事物本身得出先有、先见和先构想的概念，从而达于科学的认识，也就是这个意思。"③ 对"事物本身"的强调，也就是对客观文本实际的注重、对文本字面意义的注重。因此，阐释必然是多元的，但这并不是消除一切价值判断的标准，不能误以为不同阐释之间没有正误高下之分。

怎样分辨正误或高下呢？当代西方文学理论往往强调读者的作用，而忽略作者和作者的意图。艾柯是最早探讨读者的作用和作品开放性的文学理论家之一，但他看见太多对读者作用过分强调的一些极端的理论，尤其是由斯坦利·费希（Stanley Fish）为代表的美国读者反应批评（reader-response criticism），便提出一个新颖的概念，即

---

① Gadamer, *Truth and Method*, p. 306.
② Gadamer, *Truth and Method*, p. 267.
③ Gadamer, *Truth and Method*, p. 269.

"作品的意图"(intentio operis)①。在老旧的决定论式的作者意图和新派的读者创造意义这类极端说法之间,艾柯显然想找到一个平衡,他提出"作品的意图"这个新颖概念,就是要重新肯定文本对读者和阅读过程本身,都会起一定规范性的作用。艾柯正是从《圣经》阐释注重字面意义的传统中,引出这样一个概念。他说:

> 怎样可以证明有关作品的意图这一假定呢?唯一的办法就是把文本作为一个连贯的整体来验证它。这其实是一个老的观念,来自奥古斯丁(《论基督教教义》):对文本某个部分的解释,如果能得到同一文本其他部分的证实,那就可以接受;如果与同一文本其他部分不合,那就必须抛弃。在这个意义上说来,文本内在的连贯性就可以控制住此外无法控制的读者的各种冲动。②

读者反应批评认为读者创造意义,甚至决定什么是文本那种自我中心论,就像20世纪最后数十年中,西方一些文论家提出的"作者已死"或者其他类似的极端看法一样,现在已经不那么流行了,而艾柯依据自奥古斯丁以来那个阐释传统,纠正当代文论中的错误,就证明了文本的连贯

---

① Eco, *Interpretation and overinterpretation*, p. 25.
② Eco, *Interpretation and overinterpretation*, p. 65.

和统一这个概念，一直到现在都还有其合理性和适用性。

5. 讽寓、比兴与中西比较文学

讽寓是作品有寓意，是西方文学和文学批评传统中的重要概念；比兴是意象具超出字面的意义，言在此而意在彼，是中国文学传统中的重要概念。这两者有许多可比之处，但西方有一些学者却强调中西语言、文学、文化和思想之间有根本差异，怀疑甚至否定中国文学中有讽寓。一些西方学者认为"allegory"代表了柏拉图以来西方精神与物质、抽象与具体、超越与内在（transcendence and immanence）之二元对立（dualism），因此是西方独特的观念；而与之相对，中国的思想、语言和文化传统都是一元的（monism），没有精神、抽象、超越等观念——中西之间在思想、语言、文化等各方面都有根本差异，中国可以说是希腊也就是整个西方传统的反面。中西差异较早的争辩发生在17世纪末到18世纪所谓"中国礼仪之争"，即在利玛窦去世之后，罗马教会反对利玛窦和耶稣会教士的各派，质疑中国传统礼仪如祭祖、祭孔等是否违背基督教教义，是一种偶像崇拜，同时也质疑中文里"天主""上帝""神"等词语，能否作为对等语，翻译拉丁文"Deus"这一精神概念。坚持教义纯正的原教旨主义的一派认为，中国人只知道具体的物质而不懂得抽象的精神，只有内在而没有超越，所以基督教在中国传教不可能成功。① 这种观念在西方形成一个传统，在19世纪成为黑格尔贬低中文和中国思想传统的依据，而在20世纪，虽然德里达（Jacques Derrida, 1930—2004）批判西方传统的逻各斯中心主义和语音中心主义，却仍然把中国语言视为图像式语言而与西方对立，福柯（Michel Foucault, 1926—1984）也认为中国代表了与西方完全不能沟通的"异托邦"（hétérotopie）。这种对中西差异的强调，可以说是西方文化一个根深蒂固的偏见，在19世纪西方殖民主义和帝国主义时代，为西方人歧视中国人的种族主义提供了理论基础，而在20世纪以至于当代，仍然支持着欧洲中心主义和甚至种族主义的偏见。在学术界，这也成为西方对中国语言、思想和文化传统一个影响极大的看法。

在美国的学术环境里，我深深体会到这种强调文化差异的偏见对中西比较文学和跨文化研究形成了理论上的障碍，所以我在美国出版的第一部英文书《道与逻各斯》（*The Tao and the Logos*），就从文学阐释学的角度，开始了对这种偏见的争论和批判。② 我后来用英文发表的许多文章和专著，大多是继续与西方的这一偏见争论，专门讨论讽

---

① 参见法国汉学家谢和耐的相关著作，Jacques Gernet, *Chine et Christianisme: Action et réaction* (Paris: Éditions Gallimard, 1982)。英译本 Jacques Gernet, *China and the Christian Impact: A Conflict of Cultures*, trans. Janet Lloyd (Cambridge: Cambridge University Press, 1985)；中译本谢和耐著，耿升译：《中国和基督教》，上海，上海古籍出版社，1991。

② 参见 Zhang Longxi, *The Tao and the Logos: Literary Hermeneutics, East and West* (Durham: Duke University Press, 1992)。此书有高丽大学郑晋培（Chung Jin-bae）教授的韩文译本，1997年在首尔出版；冯川教授翻译的中文本，题为《道与逻各斯》，1998年由四川人民出版社初版，2006年由江苏教育出版社再版。

寓阐释的书《讽寓解释》（*Allegoresis*）也是如此。① 此书继续对阐释学的探讨，因为在西方，希腊罗马古典著作的解释和《圣经》的解释，都是普遍阐释学产生的基础。在中国传统中，汉唐以来对《诗经》和其他经典的评注，无论就具体内容还是就理论探讨而言，也都为讨论阐释学问题提供了十分丰富的材料，奠定了坚实的基础。讽寓解释正是从阐释学的角度看来，中西两方面经典解释传统为中西比较文学和跨文化研究提供的一个好题目。

具体就讽寓和比兴而言，一些西方学者强调中西文化有根本差异，他们就并不认为中国文学可以"言在此而意在彼"。他们认为西方传统有超越性，而超越首先以物质和精神、具体和抽象的距离为条件，既然中国只有内在的物质性而没有精神的超越性，中国人没有抽象思维，中国的语言和文学就不可能是脱离开物质世界的人为创造，却与物质和自然密不可分，是自然之一部分或自然之显现。美国汉学家史蒂芬·欧文（又称宇文所安）在讨论中国诗和诗学的一本书里就曾说，柏拉图批评西方文学模仿自然，是第二等（甚至第三等）的现象，但中国文学"并不是真正的模仿，却是显现过程的最终阶段；而作者并非'再现'外在的世界，其实只是世界呈现出来这最终阶段的媒介而已"。不仅中国诗是自然的呈现，而且中国的文字"本身就

---

① 参见 Zhang Longxi, *Allegoresis: Reading Canonical Literature East and West* (Ithaca: Cornell University Press, 2005)。此书有铃木章能和鸟饲真人的日译本，2016 年在东京出版。

是自然的"①。西方诗人运用想象，凭空虚构来创作，中国诗人既然是自然呈现自己的媒介或工具，就只是"参与到实在的自然当中"，关注的不是虚构的创造，而是如何"真实地呈现内在经验或外在感受的'实际'"。于是中国诗呈现出的是一个"不是创造出来的世界"（uncreated world），中国诗人不是创作新的文学作品，而是像孔子那样"述而不作"②。按照这种看法，想象和虚构是西方文学的特点，而中国诗则完全是真实事件或情境的实录，没有字面意义之外或之上的比喻、象征的意义。

欧文对中国诗和诗学做了如下的总结：

> 在中国文学传统里，通常会认为一首诗不是虚构，诗中陈述的都被视为完全真实。在比喻中，文本的字面会指向别的什么东西，但中国诗的意义不是通过比喻的运作来发现的。相反，经验世界呈现在诗人面前，而诗就使它显现出来。③

欧文还举出中国和西方两首诗为实例，来对比两者的不同。英国19世纪著名诗人华兹华斯（William Wordsworth, 1770—1850）有一首十四行诗，题为《1802年9月

---

① Stephen Owen, *Traditional Chinese Poetry and Poetics: Omen of the World* (Madison: University of Wisconsin Press, 1985), p. 20.
② Owen, *Traditional Chinese Poetry and Poetics*, p. 84.
③ Owen, *Traditional Chinese Poetry and Poetics*, p. 34.

3日作于西敏斯特桥上》("Composed upon Westminster Bridge, September 3, 1802"),在诗中描绘他那一天在黎明时分,在西敏斯特桥上所见伦敦城的美景。但欧文认为,华兹华斯完全可能在虚构,因为"诗的语言并不指向历史现实中那个有无穷具体性的伦敦",却"引我们到别的某种东西,晓示某种意义,而泰晤士河上究竟有几条船,与这些意义是完全不相干的"。[1] 欧文接下去引了杜甫的《旅夜书怀》诗来做对比:"细草微风岸,危樯独夜舟。星垂平野阔,月涌大江流。名岂文章著,官应老病休。飘飘何所似?天地一沙鸥。"欧文认为这首诗"并非虚构:这是记叙某一历史时刻中的经历,是一种独特的事实陈述,记录一个人的意识如何与现实世界相遇,又如何对之做出理解和反应"[2]。欧文通过这样的对比来说明他对中西文学的看法:西方语言是人为的,中国语言是自然的;西方诗是创造性虚构,有超出字面的比喻和象征意义,中国诗则是实录,没有虚构,也就没有超出字面之外的意义。这样一来,中国诗就不可能有比喻,更不可能有讽寓。

另一位汉学家余宝琳,就正是这样来理解中国文学的。她说西方传统在语言和现实世界之间有一种"断层"或"基本的、本体意义上的二元论",但中国传统没有这种"断层",所以西方文学是行动的模仿,中国文学则是"诗人对周围世界直接反应的记录,而且诗人自己就是那个世

---

[1] Owen, *Traditional Chinese Poetry and Poetics*, p. 14.
[2] Owen, *Traditional Chinese Poetry and Poetics*, p. 15.

界不可分离的一部分"。中国诗人并不辨识"真的现实和具体现实之区别,或者具体现实和文学作品之区别,这类区别固然曾引起某些责难,但也使创造和虚构得以可能,使诗人有可能重复上天造物主的创造活动"①。这就是说,中国诗不是创造性虚构,所以虽然不会受柏拉图式的批判,但也没有西方诗那种超越字面的比喻、象征和讽寓的意义。所以在她的论述中,非但是讽寓,就是"言在此而意在彼"的比兴,在中国文学里都不可能存在。现代研究中国文学的学者们当然和几百年前的传教士不一样,但正如美国比较学者苏源熙所说,这类中西对立的二元论无非是"始自传教士时代欧洲汉学所争执的一个老问题在现代新的翻版,是把那种争执翻译成了文学批评的语言而已"②。在几百年前的中国礼仪之争中,那些天主教正统派为了突出文化差异,设立过类似的二元对立,而那似乎已经"预示了我们在前面所见这些文学评论的方法和术语"③。

认为中国诗都是现实经验的实录,没有想象和虚构,实在不值一驳。即以杜甫《旅夜书怀》尾联为例,"飘飘何所似?天地一沙鸥",诗人把自己比作随风飘零的鸥鸟,表现出在羁旅中一种漂泊无定的伤感。这比喻的意义甚明,而绝非诗人自己化为一只鸟。刘勰《文心雕龙·夸饰》一

---

① Pauline R. Yu, *The Reading of Imagery in the Chinese Poetic Tradition* (Princeton: Princeton University Press, 1987), p. 35.
② Haun Saussy, *The Problem of a Chinese Aesthetic* (Stanford: Stanford University Press, 1993), p. 36.
③ Saussy, *The Problem of a Chinese Aesthetic*, p. 37.

章曾举《诗经》里的例子说:"是以言峻则嵩高极天,论狭则河不容舠,说多则子孙千亿,称少则民靡孑遗。"然后总结说:"辞虽已甚,其义无害也。"① "河不容舠"来自《诗经·卫风·河广》"谁谓河广?曾不容刀",是极力把黄河说得很狭窄,而《诗经·周南·汉广》"汉之广矣,不可泳思",又极力把汉水说得很宽广。② 这两首诗都用了夸张的手法:《河广》诗里那个人为了强调故乡就在河对面的南岸上,就极言黄河之窄小;《汉广》诗里的人极言汉水之广大,因为彼岸那位伊人实在遥不可及。这里表达的是说话者的心理感受,而不是物理世界的实际情形,如果相信中国诗都是实录,把夸张的诗句理解成实际情形的描述,那就会闹笑话。正如钱锺书先生以调侃的语气所说:"苟有人焉,据诗语以考定方舆,丈量幅面,益举汉广于河之证,则痴人耳,不可向之说梦者也。"③ 有时候看见一些极力强调中西语言、文学和文化绝不相同、不可沟通的论述,真有痴人不可向之说梦之感。

中国和西方交往的历史,我们不必追溯到远古的丝绸之路,也不必讨论元代来华的马可·波罗。自利玛窦等西方传教士在明末清初抵达中国以来,中西文化和思想就开始接触而交相影响,学者在"中学"和"西学"之间如何平衡,一直成为一个值得探讨的问题。担心西方的理论观

---

① 刘勰著,范文澜注:《文心雕龙注》,下册,第608页。
②《毛诗正义》,阮元《十三经注疏》,上册,第326、282页。
③ 钱锺书:《管锥编》,第1册,第95页。

念不符合中国或东方的特殊情形，也一直是东西方跨文化研究中一个重要问题。我向来认为中国学者应该有自己的立场，从自己的传统和现实关怀出发，深入理解和探讨理论问题，而不能机械搬用西方的理论概念。但另一方面，我也反对把中西文化对立起来，否认不同文化有共同和共通之处，有相互理解和沟通的可能。思想和理论观念都带有普遍性，在观念的发展史上，东西方可能有时间上的先后之分，但并没有理论性质上的差异。在历史上，西方也曾经从中国、日本、印度和阿拉伯等东方国家吸取过不少资源，对这方面的研究，已经在西方学界逐渐形成一个新的趋势。[①] 只是由于近两百多年来西方文化处于强势，不少人担心西方观念一旦进入中国，就会影响甚至取代中国自己传统的观念和术语。这种心态完全可以理解，但在我看来，这是一种弱者的心态，缺乏对自己文化的自信。晚清反对洋务运动的保守派，就曾指责办洋务是"效法西人，用夷变夏"。洋务派的杰出人士薛福成在《筹洋刍议》（1879）中，就做出过有力的回答。他说："夫衣冠、语言、风俗，中外所异也；假造化之灵，利生民之用，中外所同也。彼西人偶得风气之先耳，安得以天地将泄之秘，而谓

---

① 我在此可以列举近年来发生影响的部分著作，参见 Timothy Brook, *Vermeer's Hat: The Seventeenth Century and the Dawn of the Global World* (London: Profile Books, 2009); Edward Slingerland, *Trying Not to Try: Ancient China, Modern Science and the Power of Spontaneity* (New York: Crown, 2014); Martin Powers, *China and England: The Preindustrial Struggle for Justice in Word and Image* (Abingdon: Routledge, 2019)。

西人独擅之乎？又安知百数十年后，中国不更驾其上乎？"①这几句话在一百数十年后的今天听来，似乎有一种预见性，有特别重要的意义。对中西文学和文化，我们应该多读书，多思考，要有国际的眼光和宽广的胸怀，而不要固步自封，画地为牢，随时怕受别人影响，甚或被别人取代。只有这样，我们才可能在学术上有新的创见，做出真正的贡献。

---

① 薛福成著，徐素华选注：《筹洋刍议——薛福成集》，沈阳，辽宁人民出版社，1994，第90页。

九　结语：尚待发现的世界文学

　　我在前面已经说过，讲起世界文学，目前在世界上广泛流通的、通常被收在世界文学选本里的、在研究世界文学的学术著作和论文里常常被讨论的，大多还是西方主要文学传统里的经典著作。非西方文学乃至欧洲"小"语种文学中的经典著作，哪怕其文学价值和思想深度并不亚于西方主要的经典，却仍然停留在本民族文学范围内，很少超出本身语言文化的范围，在国际图书市场和读者群中享有盛誉。丹姆洛什认为一部文学作品可以分两步进入世界文学："第一，作为文学作品被阅读；第二，超出其语言和文化的原点，在更广阔的世界里去流通。"① 这的确是很重要的一点，那就是尚未走出本身的语言文化范围而"在更广阔的世界里去流通"的作品，都还不是真正意义上的世界文学。我在前面第一章里已经讨论过，在美国当前的学术环境里，很难在世界文学的定义里涉及文学审美价值和价值判断的方面，不过丹姆洛什在他书中有些地方，也间

---

① David Damrosch, *What Is World Literature?* p. 6.

接触及这一点。他讨论世界文学概念的变化时,说世界文学可以是"**一套树立起来的经典,一套不断发展的杰作,或是多个开向世界的窗口**"①。世界文学并不等于世界上所有文学作品简单的集合,因为仅仅是作品数量之大,就会使这样理解的世界文学失去意义。《庄子·养生主》有句云:"吾生也有涯,而知也无涯。以有涯随无涯,殆已。"②庄子本意是说人的寿命短促,应注意养生,而不能不顾一切追求那无涯之知,但我们可以只取其人生短促之义,认识到应该尽量利用有限的生命来做有意义之事。英国17世纪诗人安德鲁·马维尔有一首著名的情诗说"如果我们有够多的世界和时间"(Had we but World enough, and Time),但他明白人生有限,不可能有无尽的时间和空间,于是写下了这样的名句:"但在背后我总是听见/时光那有翼之车已快飞到身边。"(But at my back I always hear/Times winged Chariot hurrying near.)③ 正因为认识到人的年寿有限,我们做任何事情都应该有价值,有意义。读书也是一样,我们不能把有限的时间和生命,花费在读没有价值的书或价值不高的书上面,所以我们应该读经典,世界文学也应该是世界各民族文学当中最优秀的经典作品之总和。

世界文学之兴起,可以说为全世界各种不同语言的文

---

① Damrosch, *What Is World Literature?* p. 15.
② 郭庆藩:《庄子集释》,《诸子集成》,第3册,第54页。
③ Andrew Marvel, "To his Coy Mistress," in Louis L. Martz (ed.), *English Seventeenth-Century Verse*, vol. 1 (New York: W. W. Norton, 1969), pp. 301, 302.

学传统提供了一个极好的机会，可以把自己传统当中最优秀的经典著作介绍到自己传统之外，使之成为世界文学的一部分。在理想的状态下，世界文学应该包含世界各部分各地区文学传统里的经典之作，但现实却完全不是这样。正如特奥·德恩所说："事实上，迄今为止大多数世界文学史毫无例外都是西方的产物，其中对非欧洲文学，尤其是现代的部分，都一律忽略过去。"他接下去又说，不仅对非欧洲文学如此，甚至在欧洲文学各个传统之内，"处理得也并不平等。具体说来，法国、英国和德国文学，在更小程度上意大利和西班牙文学，还有古希腊和拉丁文学，得到最大部分的注意和篇幅"①。我们熟悉的西方文学作品，的确如德恩所说，以法、英、德居多，也有一些意大利和西班牙的作品，再就是古希腊罗马文学，但欧洲其他"小"语种文学，如荷兰文学、瑞士文学、葡萄牙文学、瑞典文学、芬兰文学、冰岛文学等，我们就知之甚少，甚或完全不知道。并不是这些文学当中没有杰出的经典，只是这些经典还没有广泛为人熟知。丹姆洛什做出的定义当中最有影响的，的确还是"流通"的概念。一部文学作品无论在本身语言文化传统里有多少读者，多么有名，如果没有超出本身语言文化的原点，到更广大的世界范围里去流通，那就始终是一部民族文学的作品，而不是世界文学的作品。由此看来，除了欧洲和北美一小部分文学经典作品之外，

---

① Theo D'haen, "Major/Minor in World Literature," *Journal of World Literature*, 1:1 (Spring 2016): 34.

世界上大部分地区的文学都还没有进入世界文学。就以中国而论，中国文学有数千年的历史，自《诗经》《楚辞》以来，汉赋、《古诗十九首》、乐府、唐宋的诗词和古文、元明清的戏曲和小说，还有现代白话文学中的许多精品，在中国拥有数量很大的读者，有些作家和诗人不仅在中国享有盛誉，甚至在整个东亚都非常知名。中国文学的经典著作在审美价值和思想深度上，都可以和西方文学中的经典相比，但在中国以外，世界上大多数读者却并不知道中国文学的经典。中国的大作家和大诗人，如李白、杜甫、陶渊明、苏东坡、李清照、汤显祖、曹雪芹这些在中国可以说是家喻户晓，无人不知，但对于中国以外大多数地方的大多数读者说来，这些都还是十分生疏的名字。不过与此同时，我们也应该反躬自问，我们是否知道阿拉伯文学有哪些经典呢？我们对非洲文学又知道些什么呢？谁是葡萄牙、荷兰、塞尔维亚或罗马尼亚的大诗人？就连我们亚洲的比邻，我们对印度、日本、韩国、越南等国的文学，又知道多少呢？由此可见，虽然世界文学目前方兴未艾，但在国际范围内流通最广、最为人所知的文学经典，主要还是欧洲或西方文学的经典，而此外绝大多数非西方甚或欧洲"小"语种文学传统的经典，还基本上不为人所知。因此，就目前情况而论，我认为完全可以说大部分的世界文学还是尚不为人所知、尚待发现的世界文学。在这个意义上说来，世界文学研究同时可以是世界文学的发现，也就是通过优质的翻译和有深度、有说服力的阐释，把世界上各个文学当中最重要的经典介绍给不同文化传统的读者,使各民族文学当中的经典变成真正名副其实的世界文学的经典。

目前在全世界流行的世界文学经典还是西方主要文学传统里的经典,这当然和近代以来西方在政治、经济、军事、文化等各方面都处于强势有关,也就和我经常说的东西方在文学和文化方面力量的不平衡有关。一个受过教育的中国大学生无论学习哪一种专业,大概都会知道柏拉图、亚里士多德、康德、黑格尔的名字,也会听说过荷马、但丁、莎士比亚、歌德、巴尔扎克等西方著名作家的名字。但一个欧美的大学生,除非专门学习中国文学,否则大概都不知道李白、杜甫、苏轼、曹雪芹是谁。这种不平衡需要矫正,中国的经典作家和诗人及其著作,应该超出中国文学的范围,更广泛地为其他语言文化传统的读者所认识和欣赏,成为世界文学的组成部分。在这个意义上,可以说世界文学为中国文学的经典著作提供了极好的机会,使之可以走出中国语言文学的范围,成为世界文学中的经典。无论哪一种文学传统,都有一些经典著作,而这些经典不是由外在于文学传统的力量来随便决定的。伽达默尔在《真理与方法》中提出"经典"概念,值得我们认真思考。他首先认为经典一直是教育的基础,所以有一种规范性的意义。这就是说,经典不是重要于一时,而是在一个文化传统中随时都有意义的。所以,所谓经典就"不是我们归于某一特殊历史现象的品质,而是值得注意的历史存在的一种模式:在历史保存(Bewahrung)的过程当中,通过不断证明自己(Bewährung),使某种真的东西(ein Wahres)显现出来"①。伽达默尔用在词源上互相关联的三个德语词,表明经典的价值在不同历史时期都不断得到证明,从而展现出其表现真理的品质。经典代表了历史存在的基本特点,即"在时间的毁坏当中保存下来"。传统并不是过去,因为"只有过去当中还没有成为过去的那部分,才可以提供历史知识的可能性"。所以伽达默尔说,经典"并不是一种关于过去的陈述——那种仍须解释的文献证据——而是对现在说话,而且好像专门是对现在说话。我们所谓'经典'并不需要首先克服历史的距离,因为在其不断自我调整的过程中,它就已经克服了那个距离。因此,经典肯定是'无时间性的',但这种无时间性正是历史存在的一种模式"②。由此可见,伽达默尔论述的经典是超越一般社会风尚和趣味之变化而恒常的形式。值得注意的是最后这句话,即经典既是"无时间性的",但这"无时间性"本身又正是历史存在的模式。

我们思考文学的经典,就很容易明白这个道理。在中国文学悠久的历史和传统中,公认的大诗人和大作家如李白、杜甫、陶渊明、苏东坡、曹雪芹等等,他们的作品都不是过去存留下来的"文献",而是一直活在一代又一代的读者心中、为无数读者所接受而且喜爱的经典。这些经典

---

① Gadamer, *Truth and Method*, p. 287.
② Gadamer, *Truth and Method*, pp. 289, 290.

不是一夜成名,也不是一两个人可以决定的,而是经历了一代又一代读者和评论家的阅读、鉴赏和评论,在很不相同的社会、历史、政治和文化环境中,大多数人达成的一种共识。所以我们可以说,经典是经过时间考验的作品,是时间造就了经典。在中国文学中,正如钱锺书先生在《中国诗与中国画》中所说,"中唐以后,众望所归的最大诗人一直是杜甫"①。接着他举出自元稹、王禹偁到吴乔、潘德舆等唐宋至明清不同时代人对杜甫的评价,说明即使中国文学批评传统中推举李白和杜甫,但"'李、杜'齐称也好比儒家并推'孔、孟',一个'至圣',一个'亚圣',还是杜甫居上的"②。传统上推崇杜甫首先是他的诗描写了安史之乱前后唐代社会民生的大变化,写出民间疾苦,表现了忧国忧民的情怀,但使杜甫成为最大诗人的,更是他在诗歌艺术上不断的追求,他在声律、节奏和用字各方面精深的研究,和他在古风尤其在律诗和绝句各种体裁中高人一筹的成就。不过也正因为杜诗的精致深刻,比较起其他一些语言更直白的诗人,杜甫的作品也更难在译文中传达其精髓和意味。从汉学家对中国诗的介绍就可以看出,在国外首先得到更多注意的中国诗人不是杜甫,而是白居易。在 20 世纪 60 年代,在中国文学史上一般不会提到的一个唐代和尚寒山,写诗禅味混合着打油味,突然在美国和西方变得小有名气,而杜甫虽然也有人翻译介绍,但他

---

① 钱锺书:《七缀集》,第 18 页。
② 钱锺书:《七缀集》,第 19—20 页。

在国外的名声和他在中国文学传统中的地位,却远远不相称。这就是我们应该去改变的现状:我们不仅需要把中国文学经典通过高质量的翻译介绍给世界上其他文化传统的读者,而且更要用他们容易接受和理解的方式和语言,论述、说明为什么这些经典是世界文学的经典。当李白、杜甫和历代重要的作家和诗人,以及其他非西方文学和欧洲文学中的"小"传统中重要的作家和诗人成为全世界读者都相当熟悉的经典时,世界文学才会名副其实,能够真正代表全世界文学的菁华。这不是少数人能够做到的,也不是短时间可以做到的,却需要许多文学研究者共同的努力,而且是长时期不懈的努力。然而我们认识到这一点,也就是我们努力的开始。

乐 道 文 库

"乐道文库"邀请汉语学界真正一线且有心得、有想法的优秀学人,为年轻人编一套真正有帮助的"什么是……"丛书。文库有共同的目标,但不是教科书,没有固定的撰写形式。作者会在题目范围里自由发挥,各言其志,成一家之言;也会本其多年治学的体会,以深入浅出的文字,告诉你一门学问的意义,所在学门的基本内容,得到分享的研究取向,以及当前的研究现状。这是一套开放的丛书,仍在就可能的题目邀约作者,已定书目如下,由生活·读书·新知三联书店陆续刊行。

王汎森　《历史是一种扩充心量之学》

马　敏	《什么是博览会史》	刘翠溶	《什么是环境史》
王　笛	《什么是微观史》	孙　江	《什么是社会史》
王子今	《什么是秦汉史》	李有成	《什么是文学》
王邦维	《什么是东方学》	李伯重	《什么是经济史》
王明珂	《什么是反思性研究》	吴以义	《什么是科学史》
方维规	《什么是概念史》	沈卫荣	《什么是语文学》
邓小南	《什么是制度史》	张隆溪	《什么是世界文学》
邢义田	《什么是图像史》	陆　扬	《什么是政治史》
朱青生	《什么是艺术史》	陈正国	《什么是思想史》

范　可	**《什么是人类学》**	唐晓峰	《什么是历史地理学》
罗　新	《什么是边缘人群史》	黄东兰	《什么是东洋史》
郑振满	《什么是民间历史文献》	黄宽重	《什么是宋史》
赵鼎新	**《什么是社会学》**	常建华	《什么是清史》
荣新江	《什么是敦煌学》	章　清	《什么是学科知识史》
侯旭东	**《什么是日常统治史》**	梁其姿	《什么是疾病史》
姚大力	《什么是元史》	臧振华	《什么是考古学》
夏伯嘉	《什么是世界史》		

（2021年5月更新，加粗者为已出版）